KB063555

땀 흘리는 여자들의 근력 연대기

내일은
체력왕

일러두기

한글 및 외래어, 외국의 인명과 지명, 작품명 등은 국립국어원 표기 원칙을 기준으로 했다. 단 일부는 관용에 따라 예외를 두었다. 예컨대 숏컷(short cut)의 표기는 '쇼트커트'로 알려져 있으나 구어식 표현에 준하여 '숏컷'으로 표기했다.

땀 흘리는 여자들의 근력 연대기

내일은
체력왕

강소희, 이아리 **지음**

ᄴ창비
Media Changbi

프롤로그

나를 버티는 일,
몰랐던 나를 발견하는 일

강소희와 나는 TBWA KOREA 공채 인턴들이 모이는 자리에서 처음 만났다. 까만 뿔테 안경을 쓰고 하얀 블라우스에 바지 정장을 차려입은, 그러니까 신입사원이 갖춰야 할 옷차림 리스트 두 번째쯤에 나올 법한 옷을 입은 사람이 카피라이터 강소희였다.

"너는 위아래가 없구나."

긍정보다는 부정에 가까운 이 말을 긍정적으로 쓴 계기는 아마도 강소희를 만나면서부터인 것 같다. 강소희에게 관계는 대등하다. 선배든 후배든 나이가 많든 적든 그에게 관계란 개인의 이름으로 읽힌다. 강소희와 나는 다섯 살 차이가 난다. 허물없이 지내는 우리 둘을 보고 동갑내기인 줄 알았던 사람들은 처음에는 적잖이 어색해하더니 이제는 그러려니 하고 웃어넘긴다. 강소희와 친하게 지내면서 위아래가 없는 것뿐만 아니라 친구들 간의 경계가 없다는 것도 신기했다. '내 친구는 곧 너의 친구'라는 관계망 안에서 굴러가는 이 세계가 낯설었다. 강소희가 새카만 눈동자를 도르르 굴리며 "너는 왜 내 친구 모르지? 왜 아직까지 만난 적이 없지?"라고 내게 물어보는 게 몇 차례 반복되면서 차차 익숙해졌다.

강소희의 사주에는 불이 있는 게 틀림없다. 사람들의 목소리가 모여 있는 곳에 놓인 작은 불, 찬바람이 불고 어둠이 드리운 곳의 환한 모닥불처럼 사람을 모으는 온기 가득한 불의 기운을 가졌다. 강소희 곁에 모인 사람들은 친구가 되고 동료가 된다.

"강소희와 이아리로 구성된 여가여배는 비슷한 관점

과 느슨한 속도로 프로젝트를 구상하고 만들고 진행하며 서로에게 감탄합니다."

여가여배는 2018년 어느 날 불현듯 시작된 우리 둘의 사이드프로젝트로 '**여자**가 **가**르치고 **여자**가 **배**운다'의 줄임말이다. 감탄의 발화점이 비슷한 우리를 잘 보여주는, 강소희가 적은 이 문장 덕분에 지금까지 여섯 번의 클래스를 진행할 수 있었다. 기획력이 뛰어난 강소희와 실행력이 빠른 이아리가 만든 여가여배는 현재 팬데믹 상황에 가로막혀 있지만, 지금까지 그래왔던 것처럼 서로의 관점에 기대어 느슨한 속도로 흥분과 열기를 연료 삼아 계속 실행해나갈 것이다.

실천하는 사람이 되고 싶었다. 생각만 하다가 멈춰버리는 사람, 머리로만 움직이는 사람이 아니라 몸을 움직이는 사람이 되고 싶었다. 나는 머릿속으로 온갖 계획을

꼼꼼히 세워버려서 이미 해낸 것 같은 기분이 든 나머지, 결국 아무것도 하지 않고 어떤 일도 벌이지 않는 도돌이표 같은 사람이었다.

생활 안에 운동이 있는 사람들의 일상은 어떻게 움직일까. 그들에게는 어떤 보상이 있기에 저렇게 꾸준한 반복을 실천할까. 운동을 즐기는 사람들은 유전자가 다를 거라며 온갖 억측을 몸에 새기고 저들과 나를 분리하며 스스로 안심하고는 했다.

2013년, 봄날에 퇴사한 게 시작이었다. 마침 집 근처에 종로문화체육센터 수영장이 있었고, 적당히 느긋한 프리랜서의 일상에 수영은 취미 생활로 딱이었다. 허벅지 근육이 눈에 띄게 반질거릴 때쯤 경복궁 둘레길을 트랙 삼아 달리는 호사를 누리기도 했다.

PT 16회 차를 지날 무렵, 후면 삼각근과 광배근이 돋보이는 등을 거울로 자주 비춰 봤다. 가장 꾸준히 하는 클

프롤로그

라이밍을 통해 실패는 포기의 동의어가 아니라는 걸 배웠다. 운동은 해내야 하고 해결해야만 하는 것이 아니었다. 형편없이 구겨진 나를 다시 펼쳐내는 힘은 몸을 쓰고 땀을 흘린 후에 찾아온다. 넘어지기를 반복하다 보면 잘 일어나는 요령을 하나씩 터득하게 된다. 운동은 나를 버티는 일이자 몰랐던 나를 발견하는 일이다.

책을 준비하면서 과시하려는 나와 부족한 나를 자주 만났다. 보여주고 싶은 나와 보잘것없는 내가 서로 팽팽하게 싸우며 마감 일이 다가올 때마다 마른세수를 반복했다. 이 정도면 괜찮다 싶다가도 다음 날이 되면 어제의 나는 구겨져서 버려졌다. 그럼에도 이 책이 나올 수 있었던 건 격려를 북돋워준 이지은 편집자님 덕분이다. 매주 원고를 마감하면 '참 잘했어요' 포도알 스티커를 하나씩 붙여 인증 사진을 보내주었다. 늘 만나던 카페에서 반질거리는 케이크와 커피를 먹으며 응원의 말을 건넸다. 마침표를 기분 좋게 찍을 수 있었던 건 공동 편집자인 김미라 님의 세심한 검수 덕분이다. 그리고 함께 달려준 나의 동료, 나의 친구 강소희 덕분에 외롭지 않게 완주할 수 있었다.

앞으로도 나는 운동 가기 싫은 마음과 운동하길 잘했다고 내뱉는 말 사이를 자주 오갈 것이다. 빈번히 실패하면서. 그렇게 나를 일으켜 세우고 달래고 화해하면서 오래 운동하고 싶다. '혼자'라는 자유로운 시간과 '함께'라는 든든한 시간 안에서 오래, 즐겁게.

2021년 가을
이아리

프롤로그

차례

4 **프롤로그** 나를 버티는 일, 몰랐던 나를 발견하는 일

1부. 몸 좀 쓰러 왔는데요

16 여자가 가르치고 여자가 배운다

26 계기는 만드는 것

31 크고 굵은 몸

35 작고 마른 몸

40 농구를 하고 싶습니다

47 누상동 이돌핀과 두부찌개

54 코트에 계신 농구의 신이시여

62 운동 종목을 찾아서

66 내가 생각하는 나와 보이는 나 사이의 38,000킬로미터

72 선입견이 잠재력을 누를 때

80 내가 오십견이라니

88 언니, 그건 지난 체력이잖아요

94 그 많던 멍들은 다 어디로 갔을까

102 운동하기 딱 싫은 날씨

108 넘어지지 않는 스케이트보드

116 강박적이고 단순한 사람의 자기 보존법

122 어디서 본 건 있어가지고

126 간 다 운 동

131 해보자, 해보자, 해보자, 후회하지 말고

135 만보기 경쟁

141 나도 요기가 되고 싶어

148 슬로우 하이킹 클럽

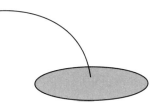

2부. 체력은 태도가 됩니다

156 내가 선택한 고향

160 역세권보다 체세권

165 나는 걷기가 싫었어요

171 산책의 즐거움

180 계획하고 실패하고 실망하고 기뻐하며 조금씩 앞으로

185 어디로든 갈 수 있어

192 아빠의 일면들

198 뜻밖의 살사댄스

204 운동의 목적

208 여름의 맛

213 심해어냐 미역이냐

220 질병 그리고 술

228 느슨하게 그러려니

232 위쪽 공기는 더 상쾌한가요

238 엄마는 왜 박수를 치며 TV를 볼까

243 고양이는 고양이답게, 사람은 사람답게

249 이번엔 꼭 추고 말 거야

255 숏컷 만만세

260 브라 없는 삶

265 노 얄개 존

269 좋은 사람

273 우리는 모두 연결되어 있다

280 **에필로그** 둘에게 쓰는 편지

1부

몸 좀 쓰러
왔는데요

오늘을 살아갈 만큼의 힘,
작지만 확실한 근력의 쓸모

소

희

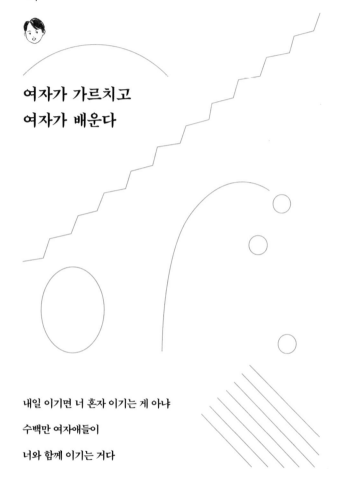

여자가 가르치고
여자가 배운다

내일 이기면 너 혼자 이기는 게 아냐

수백만 여자애들이

너와 함께 이기는 거다

시작은 「당갈」이었다. 제목만으로는 먹는 건지, 인명인지, 지명인지 좀처럼 짐작할 수 없을 만큼 낯선 '당갈'이 힌디어로 '레슬링'을 뜻한다는 건 영화를 보고 나서야 알았다.

전직 레슬러 출신 아버지가 자신의 못다 한 꿈을 이루기 위해 두 딸을 레슬링 메달리스트로 키운다는 줄거리를 보며, 나는 낯익은 불길함에 목덜미를 문질렀다. 감독이 관객을 울리기 위해 만든 장면마다 여지없이 울음을 터뜨리는 사람에게 '전 세계를 울린 감동 실화' 부류는 아주 위험하기 때문이었다. 역시 예감은 빗나가지 않았다. 초반부터 나는 울컥 솟아오르는 눈물을 삼키다가 기어이 황소개구리 같은 소리를 내며 요란하게 흐느꼈다. 영화가 발명되고 처음 상영했을 때 저 멀리서 달려오는 화면 속 기차에 놀라 실제로 몸을 피했던 옛날 관객처럼, 두 자매의 경기장을 둘러싼 구경꾼에 이입해 꽉 쥔 주먹을 허공에 내질러댔다.

주인공 기타가 처음 나간 동네 레슬링 시합에서 남자애에게 무시당하고 뒤통수를 맞을 때 내 뒤통수를 맞은 듯 분했고, 다음 시합에서 그를 메다꽂고 뒤통수를 쳤을 때 내가 메다꽂은 것처럼 통쾌했다. 그건 여자가 무엇을

소희

하든 일단 팔짱을 끼고 우습게 보는 남자들, 여자의 승리를 어떻게든 깎아내리기 급급한 남자들에 대한 엎어치기였다.

극장을 나서자마자 나는 당장 레슬링을 하고 싶었다. 거리에서 시도 때도 없이 만나는 몰상식한 사람들을 엎어치기 하고 싶어졌다. 물론 상대가 무례해질 때마다 엎어치기를 할 수는 없겠지만…… 할 수 있는데 하지 않는 것과 똥이 무서워서 피하냐 더러워서 피하지,라는 석연찮은 정신 승리로 그들을 피하는 건 완전히 다르니까. 결전의 순간은 안 올 수도 있지만 언제든 당당히 맞서 팔을 비틀고 엎어치고 메다꽂을 수 있는 사람이 되고 싶었다.

레슬링 학원을 검색했다. 많지도 않거니와 주로 용인 근처에 있었다. 꿩 대신 닭으로 격투기, 주짓수, 복싱 학원을 알아봤다. 주먹이든 무릎이든 팔꿈치든 상대를 제압할 수 있는 건 뭐든지 좋았다. 회사에서 2분 거리 주짓수 도장에 갔다. 그곳에는 속을 울렁거리게 하는 땀 냄새가 있었다. 그래, 자고로 무술은 땀 냄새지. 사람들이 바닥에서 서로를 얽어매고 땀을 흘리고 있었다. 좋다! 그런데 탈의실이 하나였다. 땀 냄새는 극복할 수 있지만 성별 구분 없는 탈의실은 결코 극복할 수 없었다. 회사에서 8분 거리, 주짓수를 같이 가르치는 복싱 도장에 갔다. 반지하지 만 냄새는 그리 심각하지 않았다. 심각했던 건 관장이라는 사람의 이에 낀 고춧가루와 입 냄새였다. 물론 그조차도 중요한 문제는 아니었다. 복싱을 배우고 싶다는데 자꾸 다이어트로 귀결시키는 그의 태도가 문제였다.

"복싱으로 살이 빠질 수도 있겠지만 저는 싸우는 기술을 배우고 싶은 건데요."

"물론 기술을 원하시면 알려드릴 수는 있죠. 근데 우선 다이어트를……."

우리의 대화는 절대 만날 수 없는 평행선을 달리고 있었다. 나는 싸우는 기술을 배우고 싶었고, 그는 여자가 다이어트 말고 복싱을 하고 싶을 수도 있다는 걸 모르는 눈치였다. 더는 기대하지 않고 돌아서기로 했다.

안녕, 고춧가루 관장님. 우리 이 세상 어디에서도 다시 만나지 않기로 해. 피치 못해 만나야 한다면 양치는 꼭 하기로 해.

소희

"여자가 남자를 이기는 유일한 무술."

가장 널리 쓰이는 주짓수 홍보 문구이다. 혐오 범죄가 매일같이 일어나는 이 땅에서 얼마나 솔깃한 말인가. 그런데 주짓수 도장을 알아보는 과정에서 여자와 대련하다가 가슴이 닿았다는 둥 한껏 이죽거리는 후기들을 목격했다. 주짓수 하는 남자들이 다 그런 건 아님을 안다. 하지만 운동할 때 여성을 인간이 아닌 가슴과 허벅지로 대상화하는 대부분은 누구인가. 주짓수에 대한 마음이 빠르게 식어갔다.

식어가는 이 기분이 영 낯설지 않다. 떨리는 마음으로 합기도 도장 출입문을 열었던 중학교 때, 농구공을 들고 체육관에 들어섰던 고등학교 때, 검도부에 들어갔던 대학교 때, 하다못해 문화예술인 탁구 동호회에 가입했을 때에도 나를 김빠지게 한 건 그들이었다. '어라?' 하는 표정, '어디 한번 해보든가'라며 내려다보는 자세, 지나치게 추켜세우거나 과도하게 깎아내리는 남자들. 딱히 못된 건 아니지만 그렇다고 운동하는 여자를 공평하게 대우하지도 않는 그들. 그래서 나는 남자들을 없애기로 했다. 적어도 운동을 배우는 과정에서만이라도. 모든 남자가 그렇지는 않지만, 누가 어떤 남자인지 알 길이 없어서 신경 써야 하는 전제 자체를 바꾸기로 한 것이다.

그렇게 '여자가 가르치고 여자가 배운다'라는 너무 평범하지만 결코 당연하지 않은 캐치프레이즈를 내건 프로젝트가 시작되었다. 첫 클래스는 장마가 한창인 2018년 7월의 어느 일요일이었다. 주짓수 수업을 진행할 김지영 사범의 인상은 원래 단단했지만 그날따라 더욱 여유롭고 강하게 빛났다. 자신을 더 빛나게 만드는 장소가 있다는 것, 그곳이 도장의 검은 매트 위라는 건 한숨이 나올 만큼 멋진 일이다. 이아리는 먼저 도착해 있었다. 여가여배 기획에 응원을 더하고 웹 포스터 의뢰에 흔쾌히 응한 나의 친구. 1회 12명으로 계획했던 원데이클래스를 2회 24명으로 급히 조정하게 만들 정도로 선동적인 포스터를 뽑아낸 천재 디자이너.

"우리는 어쩜 이렇게 아무렇지 않게 대단한 일을 해낼까?" 하며 함께 감탄했다. 그 감탄 속에는 참가자들이 있었다. 일요일 저녁 거센 장맛비에도 아늑한 집을 떠나서 굳이 여기까지 찾아온 사람들. 빗물을 털어내며 도장을 살피는 상기된 얼굴들, 어색하지만 우호적인 눈빛들, 몸을 쓰며 배우게 될 것들에 대한 기대감이 도장 안을 가득 채웠다. 김지영 사범은 '여자가 남자를 이길 수 있는 유일한 무술'이란 문구는 맞기도 하고 틀리기도 한 말이라고 한다. 주짓수는 상대를 공격해 이긴다기보다 방어와 탈출, 제압으로 상대의 공격을 무력화하는 데 목적이 있는 무술이다. 상대가 물리적인 힘으로만 공격해올 때 그 힘의 구조를 깨뜨리고 빠져나감으로써 위험한 상황에서 벗어날 가능성을 높인다. 즉 '싸워서 이긴다'가 아닌, 상대의 위협에서 벗어나 내게 신체적 상해가 일어나지 않는 결과를 만드는 걸 '이긴다'는 의미로 봐야 한다는 것이다.

뼈와 근육이 있다는 것만 알았지, 대체 어디에 어떻게 쓰는지 무지했던 나는 수업에서 힘을 모으고 해체하는 원리를 배웠다. 위에 올라타 목을 조르는 상대가 두 팔에 상체의 힘을 실어 눌러올 때 고개를 뒤로 꺾으면 더 빨리 죽으니 두 턱이 될 정도로 목을 최대한 안쪽으로 움츠려 상대의 손이 파고드는 걸 방해하는 방법, 힘이 전달되는 두 팔의 구조를 깨뜨리기 위해 온 힘을 다해 상대의 팔꿈치를 꺾고 몸을 빼내는 방법을 배웠다. 상대가 다가올 때 단호하게 거절하는 것부터 거리가 좁혀지면서 위협의 수위가 높아지는 단계에 따라 달라지는 탈출과 방어법까지 익히고 난 뒤 한 참가자는 말했다. "원치 않는 상대로부터 생각보다 쉽게 내 몸을 분리하는 동작이 내 삶의 경험들을 작게나마 전복시키는 상징처럼 느껴졌다"라고.

우리에게는 이런 경험이 필요하다. 지금까지 운동장 구석으로 밀려났던 시간을 극복할 만큼 수도 없이 필요하다. '보여지는 몸'이 아닌 '기능하는 몸'으로 롤 모델이 되는 여성들을 훨씬 더 많이 보고 싶다. 그들을 따라 몸을 굴리고 내던지고 겨루고 버티면서 강해지는 여자들이 범람하는 사회에서 살고 싶다. 그래서 여가여배는 계속될 것이다. 운동장 한가운데를 차지한 남성 중심 종목들의 문을 끊임없이 두드릴 것이다.

여성에게 권장하지 않았던 종목들에 대한 클래스가 여기저기서 만들어지고 있다는 소식이 들려온다. 농구도! 야구도! 축구도! 레슬링도! 여성의, 여성에 의한, 여성을 위한 활동과 이야기가 우후죽순 생겨나고 퍼져나가길 소망한다. 너도나도 이 '난리 잔치 파티'의 주인공이 되기를. 일부 심약한 사람들이 조개를 줍다가 엉덩방아를 찧을 만큼 크고 강한 해일이 되기를. 다시는 돌이킬 수 없는 흐름

이 되기를. 몸을 쓰는 기쁨을 알아버린 사람은 바라고 또 바란다.

　　내일 이기면 너 혼자 이기는 게 아냐. 수백만 여자애들 이 너와 함께 이기는 거다.

– 「**당갈**」(Dangal, 2016) **중에서**

　　　　　　　　　　　　　　　소희

아

리

계기는 만드는 것

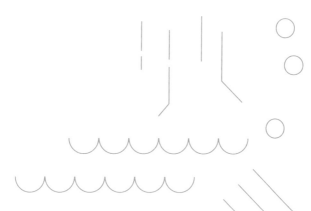

'다시' 해보자

'역시' 운동하길 잘했다

그렇게 한 발짝 앞으로 나아간다

여성 레슬러 최초의 금메달리스트 실화를 담은 인도 영화 「당갈」이 2021년 7월 기준 국내 누적 관객 수 10만 명을 돌파했다. 기타와 바비타가 전직 레슬링 선수였던 아버지에게 레슬링을 배우다 재능을 발견하고 결국 편견을 부수며 승리하는 이 영화를 보고 나면 무엇이든 박살을 내고 싶어진다. 친구 강소희는 당갈 '뽕'을 원동력으로 삼아 레슬링 여자 사범님을 찾아 나섰다 주짓수로 방향을 바꿨다. 그러나 서울에서 들을 만한 수업을 찾기 어려워지자 그는 직접 만들어야겠다 생각하고 트위터에 글을 올리게 되는데…….

혹시 주짓수를 가르치는 여자분 계신가요? 저는 서울에 살고 주짓수에 강한 흥미를 느끼지만 아직 시작하지 못한 사람인데요. 여자가 가르치고 여자가 배우는 주짓수 원데이클래스를 만들고 싶거든요. 장소는 제가 다니는 도장에 얘기해볼 수 있을 것 같아요. 재밌을 것 같지 않나요? 메시지 주세요.

곧 강소희는 "아리야, 내가 주짓수 클래스를 기획하려고 하는데 웹 포스터를 만들어줄 수 있을까?"라고 제안했다. 나는 그때부터 심장이 빠르게 뛰기 시작했다. 정

아리

말 멋진 기획이었기 때문이다. 여성이 주체가 되어 다양한 종목을 가르치고 배우며 경험을 공유하는 기획이라니. '여자가 가르치고 여자가 배우는' 원데이클래스를 빨리 듣고 싶었다. 세상의 모든 종목을 마치 '도장 깨기'를 하듯 다른 여성들과 함께 섭렵하고 싶었다. 고민할 여지 없이 "내가 할게!"라고 말했다. 포스터에 등장하는 여자들의 모습은 아래 네 가지로 요약해 제작했다.

첫째, 단호한 표정으로 자신감 넘치는 얼굴.
둘째, 역동적으로 움직이는 몸.
셋째, 미디어 속 전형적인 모습이 아닌 각각 고유한 특성을 지닌 여성의 태도.
넷째, 앞으로 계속 나아갈 것이라는 방향성.

여가여배 종목을 선정하는 기준은 '접근성'이다. 여성들이 진입하기 힘든 운동 위주로 뽑았다. 이를테면 팀 스포츠랄까. 개인보다는 단체로 운동하는 모습을 서로에게 보여주는 것, 그런 경험 공유가 필요했다. 2018년 7월 1일 「나를 지키는 주짓수」를 시작으로 농구, 스케이트보드, 축구, 배구, 스윙댄스까지 여섯 번의 클래스를 진행하고, 한 번의 전시 「운동-부족部族 모여라」에 참여했다. 11명의 강사, 252명의 참가자 들을 만났다.

여자들이 같은 공간에 모여 몸을 쓰고 땀을 흘리며 팀 스포츠를 할 수 있는 경험이 이렇게 쾌적하고 짜릿하게 즐거울 줄이야! 운동이라는 하나의 교집합으로 모인 여자들을 목격하는 일은 감격스러웠다. 그리고 깨달았다. 서로의 존재를 확인하는 꾸준한 가시성만큼 강력한 것은 없다고.

운동할 때 지구력은 무엇보다 중요하다. 이것은 생활 안에서도 똑같이 적용된다. 디자인할 때 구상 단계를 거쳐 컴퓨터 앞에 앉은 다음부터는 체력 싸움이다. 의자에 앉아 끈질기게 디자인 노동을 하는 시간은 곧 집중력과 지구력에 해당한다. 운동을 하면서 크게 달라진 점은 지구력 외에도 완급 조절이 가능해졌다는 것이다. 일상이 버거울 때, 일이 잘 안 풀려 갑갑할 때 잠깐 생각을 멈추고 몸의 감각에 집중하는 시간을 갖고 나면 다시 해낼 수 있는 추진력이 생긴다. 운동이 내 일상에 도움닫기 역할을 하면서 '다시'와 '역시'를 만들어주는 것이다. '다시' 해보자, '역시' 운동하길 잘했다, 그렇게 한 발짝 앞으로 나아간다.

아리

근육을 모으고 체력을 쌓는 일은 사회인으로서 돈을 모으고 커리어를 쌓는 일과 비슷한 것 같다. 이 하루하루의 변화들이 남은 30대와 다가올 40대, 50대를 단단하게 다져 줄 거라는 믿음을 갖고 앞으로도 (건)강한 몸을 위하여!

- 『우아하고 호쾌한 여자 축구』(김혼비, 민음사 2018) 중에서

할머니 디자이너로 건강하게 오래 일하고 싶다. 코어 근육으로 몸의 균형을 맞추고, 꾸준한 운동 습관으로 일과 생활에 필요한 근육을 저축하자고 다짐한다.

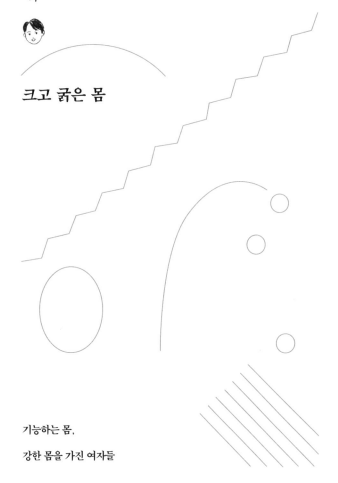

소

희

크고 굵은 몸

기능하는 몸,

강한 몸을 가진 여자들

나는 크다. 키도 크고 얼굴도 크고 눈도 크고 손도 크고 허리도 허벅지도 크다. 사실 168센티미터의 키가 그렇게 큰 것도 아닌데 굵은 뼈대와의 앙상블로 난 항상 '여자' 치고 큰 사람이었다. 6학년에서 중학교 1학년으로 올라가면서 10센티미터가 크고 10킬로그램이 쪘던 때를 기억한다. 6학년 때까지는 그냥 키가 큰 편인 여자애였다가 중학생 때부터 그냥 큰 여자애가 되었다. 큰 여자애는 적당한 키를 벗어났다는 생각과 튀어나오는 가슴이 싫어서 어깨를 수그리고 다니는 바람에 크고 구부정한 여자애가 되었다.

내 몸을 싫어하지 않았지만 딱히 좋아하지도 않았다. 아니, 허벅지는 싫어했다. 정확히 말하면 그날부터 싫어졌다. 동네 목욕탕에 갔다가 같은 반 친구의 허벅지를 본 날. 종아리와 비슷한 굵기로 쭉 뻗은 허벅지라니! TV에서 허벅지가 가는 사람들을 많이 봤지만 그들은 어딘가에 존재할 뿐 나와 상관없었다. 하지만 얘는 나와 같은 수업을 듣고 매점을 가고 도시락을 나눠 먹는 친구였다. 집으로 돌아와 거울 앞에 뒤돌아서서 허리를 굽혔다. 다리 사이로 머리를 넣고 거울에 비친 나의 하반신을 바라보았다. 뒤에서 본 내 다리가 얼마나 굵을지 궁금했기 때문이다.

이미 친구의 가늘고 긴 다리를 목격한 내게 성에 찰 리 없는 굵기였다.

사실 머리가 작다거나 허리가 가늘다거나 다리가 길다거나 하는 개념 자체가 없을 정도로 나는 몸에 대해 별 관심이 없었다. 전교생이 100명도 안 되는 시골 학교에서 전교생이 2,000명을 넘는 도시 학교로 전학을 가기 전까지는 말이다. 시골 학교에도 멋쟁이 친구들이 있었지만 도시 학교의 멋쟁이 친구들은 좀 달랐다. 멋을 더 촘촘하게 부렸다. 게스GUESS나 리LEE 같은 메이커(그땐 브랜드를 메이커라고 불렀다)도 처음 알게 되었다. 그제야 내 바지 뒤에 달린 REE 딱지가 신경 쓰이기 시작했다. 당시 대학생이었던 언니는 짝퉁에 치를 떨며 메이커를 찾아 입고 다녔다. 나중에 알고 보니 오빠도 리바이스LEVI'S나 랭글러WRANGLER 같은 걸 입고 있었다. 엄마도 아빠도 자기 세대에서 유행하는 메이커를 입었다. 나만…… 몰랐다.

굵은 허벅지에 대한 콤플렉스와 메이커에 대한 열망으로 자칫 불행해질 뻔한 청소년기에 그나마 다행이었던 건 그 시절의 유행이 큰 옷이었다는 점이다. 중학교 때부터 대학교 신입생 때까지 말도 안 되게 큰 옷과 추리닝을 입고 다녔다. 꽤 잘 어울렸다. 그때 형성된 기호는 아직도

유효하다. 물론 스키니진이 세상을 지배하던 시절에는 나도 숨통을 조이는 바지를 여러 벌 가지고 있었다. 그러나 세월이 흘러 다시 오버핏over-fit이 유행의 한 축이 되면서 얼렁뚱땅 시대에 뒤처지지 않으면서도 편안하게 입고 다닌다.

더 크고 더 헐렁한 옷을 찾아 남성복 코너를 어슬렁거리는 지금의 나는 허벅지로부터 완전히 해방되었을까? 내 몸을 긍정하게 되었나? 모르겠다. 마른 몸을 갖고 싶다는 욕망은 여전하다. 그러나 요즘 내게는 몸에 대한 새로운 기준이 생겼다. 기능하는 몸, 강한 몸을 가진 여자들을 많이 보게 된 탓이리라.

김연경 선수의 어깨가 세계를 품어도 모자람이 없고, 안산 선수의 등은 비바람에도 끄덕하지 않으며, 박세리 선수의 허벅지가 모두를 조아리게 하듯이 나도 그렇게 크고 강한 본새를 지녀야지. 나이 들면 허벅지가 굵어야 힘을 쓸 수 있다고 한다. 내 허벅지는 이미 굵으니까 이제 근사한 근육만 입혀주면 되겠다.

아

리

작고 마른 몸

몸에 대한 시선은

외부가 아니라

내 안에서부터 시작되기를

154센티미터, 43킬로그램. 지난날 나의 평균 키와 몸무게다. 작고 마른 몸으로 태어나 20대까지 저체중을 벗어난 적이 없다. 빈약했던 나는 어린 시절에 병원에서 피를 뽑고 난 뒤 기절하는가 하면 고등학교 시절에는 헌혈하러 갔다가 저체중이라는 이유로 번번이 퇴짜를 맞곤 했다. 광고회사 인턴 시절에는 '가시고기'라 불렸다. 가늘고 뾰족한 몸이라며 선배가 지어준 별명이다. 겨울철 마른 나뭇가지처럼 팔다리가 앙상한 캐릭터를 그려준 선배에게 놀리지 말라고 타박했지만 기분이 썩 나쁘진 않았다. 납작하게 달라붙은 배에 가느다란 다리로 딱 달라붙는 상의와 스키니진을 잘 입고 다녔다. 그게 내 몸의 기본값이었다.

회사 생활을 시작한 지 2년이 지났을 무렵 철야가 이어졌다. 월화수목금금금. 일주일 내내 출근하는 것이 당연했고 월요일에 출근하면 화요일에 퇴근하는 1박 2일짜리 업무들이 반복됐다. 소금에 푹 절은 김장 배추 같은 몸으로 늦은 시간까지 모니터 앞을 지켰고 야식을 먹지 않고서는 버틸 수 없는 나날이 계속되었다.

처음에는 몸의 변화를 의식하지 못했다. 몸이 무겁

게 느껴지고 부기가 하루 이틀을 넘어 일주일 이상씩 유지될 때까지도 전혀 예상하지 못했다. 이상하다. 보통 팔뚝이 이렇게 붓지 않을 텐데? 흔들리는 생각과 초점 잃은 동공으로 나를 부정하는 단계로 접어들고 있었다. 그럴 리 없는데…… 평생 마른 몸으로 살아온 내가, 44 사이즈인 내가, 가시고기인 내가 살찔 리가 없는데? 외면하고, 부정하고, 좌절하고, 해탈하다가 결국 이 상황을 받아들이게 되었다. 인정할 수밖에 없었다. 나의 몸이 나를 배신한 게 아니라 내가 내 몸을 착실하게 살찌우고 있었던 것이다. 야식뿐 아니라 30대에 접어들면서 분비가 저하된 각종 호르몬도 원인이었다.

"얼굴 좋아졌네"라며 아빠가 건넨 말, "요즘 많이 피곤한가 봐" "너 요즘 전성기구나?" 하는 지인들의 무심한 말은 나 자신에게 향하던 짜증과 불만이 밖을 향하게 만드는 방아쇠가 되었다. 내 몸이 상대방의 언어가 되어서 되돌아오는 경험은 별로였다. 말랐을 때 몸에 대한 평가와 판단이 없던 것도 아니었다. 말랐다, 날씬하다, 호리호리하다는 칭찬으로 둔갑한 평가의 말들을 오랫동안 들어왔다. 다만 마른 몸으로 살아온 내가 정상 체중을 넘어서고

아리

부분 과체중이 되고 나서야 몸에 대한 평가와 판단을 인식하기 시작한 것이다.

안일하고 게으르게 살아온 지난날들이 머릿속으로 빠르게 스쳐 지나갔고 한심함이 밀려왔다. 나에게 몸이란 예쁘고 옷맵시가 나는 '보여지는 몸'일 뿐, 단련해서 체력을 기르는 '기능하는 몸'은 고려 대상이 아니었다. 힘을 기르기 위해서는 힘이 드는 운동을 해야 한다거나, 오래 앉아 있기 위해서는 휴식과 스트레칭이 필요하다거나, 자세를 교정하기 위해서는 코어 근육이 필요하다는 것 등을 진지하게 생각해본 적이 없었다.

'여성의 몸이란 이래야 한다'는 편협하고 오래된 표본으로 영원히 박제될 뻔했던 나의 마른 몸이 건장해지면서 몸에 대한 생각은 자연스럽게 확장되었다. 더 이상 몸무게에 집착하지 않고 단어의 선택이 달라졌다. 살 대신 체지방이라 부른다. 살은 뼈를 감싸고 몸을 이루는 부드러운 부분을 나타내지만, 체지방은 몸속에 쌓인 지방을 뜻한다. 이제 몸의 모양이 아닌 몸의 기능에 집중하고 체지방과 근육량의 균형을 생각한다.

원하는 몸무게에 도달하기 위해 살을 빼고야 말겠다는 결심에서 근력을 키우기 위한 훈련을 쉬지 않겠다는 마음가짐이 되기까지 아주 지난한 시간을 거쳤다. 체력을 길러서 더 건강하게 일하고 싶고 더 오래 놀고 싶고 더 다양한 종류의 술을 알아가고 싶다고 말하는 지금의 내가 되었다.

　　매일 아침 일어나 체중계에 찍히는 숫자를 확인한다. 체지방을 조금이라도 줄여 운동할 때 유연하고 끈질기게 버티고 싶기 때문이다. 몸의 기본값이 지금보다 더 다양해지기를, "살 빠졌네"가 칭찬의 말로 건네지지 않기를, 다이어트라는 단어가 미용만을 위해 존재하지 않기를, 주름과 흰머리의 수가 계절의 순환처럼 읽히기를, 몸에 대한 시선은 외부가 아니라 내 안에서부터 시작되기를 바란다. 이 글은 나의 오랜 반성이자 앞으로의 다짐이다. 그리고 나는 지금의 작고 건장한 내 몸이 꽤 마음에 든다.

아리

소

희

농구를 하고 싶습니다

사실 이건 손에 땀을 쥐게 하는

이야기의 시작이다

전교생이 100명도 되지 않는 초등학교에 다닌다는 건 1학년 1반이 그대로 2학년 1반이 되고 다시 3학년 1반이 되는 것을 의미한다. 작다는 수식어도 크게 느껴지는 작은 학교에서는 가만히 있어도 10등 안에 드는데, 그런 곳에서 하등 쓸데없는 '우등생 이미지 지키기'에 골몰했다. 당시 TV 속 공부 잘하는 여자애는 가늘고 창백해서 걸핏하면 픽픽 쓰러지고 체육 시간에는 그늘에 앉아 먼 하늘을 바라보기 일쑤였다. 나는 까무잡잡하고 튼튼하며 한 번도 쓰러진 적 없었지만 대중적 이미지에 부합하는 우등생이고 싶었다. 엄마도 그런 나를 장려했다.

"체육은 공부 못하는 애들이나 잘하는 거야. 수영이 봐라, 달리기는 잘하는 거."

그의 기괴한 논리를 내재화한 나는 더더욱 체육 활동을 멀리하게 되었다. 정확히는 2층 난간에 기대어 새끼 염소처럼 뛰어노는 동급생들을 물끄러미 바라보며 겉으로는 무시하고 속으로는 부러워했다. 아마 그날이 없었다면 나는 터무니없는 이유로 몸 쓰는 일 자체를 경시하는 이상한 사람으로 자랐을지도 모른다.

그날 우리 집 마당에는 농구대가 세워졌다. 당시 스무 살이었던 오빠는 집에서 펑펑 놀다가 더 적극적으로 놀고 싶어졌는지 아빠와 합심하여 농구대를 만들었다. 그것은 인근 마을 어린이와 청소년 들을 열광케 했지만 그들은 저녁이 되면 집으로 돌아가야 했다. 오빠는 이른 아침과 늦은 저녁에 농구를 하길 원했고 그 앞에 여름방학을 맞이한 열세 살의 내가 있었다. 오빠는 동생을 살갑게 돌보거나 같이 놀아주는 사람이 아니었다. 베개가 터지도록 때려서 내가 꼭 울음을 터트려야 베개 싸움을 끝내고, 화투나 포커를 가르쳐주고 자기가 패하면 이길 때까지 붙잡고 밤새도록 놓아주지 않는 사람이었다.

농구라고 다를 리 없었다. 대충 해도 자기가 이길 텐데 내가 슛 하는 꼴을 봐주지 않았다. 키가 20센티미터나 차이 나는데! 인정사정없이 수비하는 그의 머리 위로 공을 넘기려면 체스트 슛[1]보다는 원핸드 슛[2]인데 내 힘은 턱없이 부족했다. 그래서 점프와 동시에 앞으로 팔을 기울이는 잘못된 자세로 공을 던지게 되었다. 그 기울어진 모양이 마치 백슬래시(\ )를 닮았다. 오빠라는 사람은 왜 제

1   공을 가슴 근처에 대고 두 손을 뻗으면서 밀어내듯이 하는 슛.
2   한 손에 공을 얹고 이마 앞이나 어깨에서 밀어 올리듯이 하는 슛.

대로 된 자세를 가르쳐주지 않았을까? 그의 큰 머리와 가슴에는 오직 이기고 싶은 열망뿐이라 동생의 자세가 백슬래시든 슬래시든 상관없었다는 데 내 농구공을 건다. 그래도 나를 '여'동생이 아닌 이겨야 할 '상대'로 여겼다는 점에 대해서는 조금 고맙다. 그는 본의 아니게 그해 여름의 각도를 살짝 틀었고, 내 삶의 각도도 꽤 뒤집혔다.

'별다른 근거 없이 자신을 높이 평가하기'가 특기였던 열세 살은 곧 농구를 잘한다 떠벌리고 다니는 중학생이 된다. 중학교 1학년 2학기에 전학을 간 반에서는 나를 뺀 모두가 이미 친구였다. 그 견고한 틈을 어떻게든 비집고 들어가고 싶어서 농구공을 잡았다. 엄마에게 생일 선물로 받은 농구공을 들고 새벽마다 운동장에 나가 매우 기울어진 백슬래시 모양으로 슛 연습을 했다. 슬픈 이야기다. 그렇게 기울어진 농구를 하던 중학생은 남녀 공학에 진학하여 숏컷에 아디다스 추리닝을 입고 농구를 하러 다니는 고등학생이 되었다. 문제는 운동장과 체육관이 남자들 차지였다는 것이다.

운동장에서 농구를 하면 교실 창문에서 야유인지 응원인지 모를 소리들이 들려왔고, 체육관 문을 열고 들어서면 '관종' 취급을 당했다. 자기들은 웃통 벗고 사방으로

소희

뛰어다니는 주제에. 그래도 적진에서 전우애가 깊어지듯 나는 기어코 찾아낸 농구 친구들과 미개한 시선을 감내하며 운동했다. 기울어진 백슬래시 모양으로…… 역시 슬픈 이야기다.

그러다 체육대회 시즌이 되었다. 농구, 축구, 배구 등 내가 다닌 고등학교는 거의 모든 종목을 채택했다. 다만 뛰는 사람은 남자들 한정이었고 여자들에게 할애된 종목은 지긋지긋한 피구였다.

"여자도 농구 하게 해주세요."

전교 학생회 회의에서 의견을 냈다. 학생이고 선생이고 모두 웃었다. 나만 웃지 않았다. 체육대회에서 농구 시합을 하고 싶다는 나의 말은 제대로 된 반박 사유도 없이 그렇게 그냥 웃어 넘겨졌다. 그러고는 선심 쓰듯 여자들은 자유투 경기를 하라고 했다(너나 해라, 자유투! 자유투가 얼마나 어려운데). 체육대회 날, 언제나 그래왔듯이 운동장에서는 남자들이 축구를 하고, 체육관에서는 남자들이 농구를 했다. 나는 2학년 선배들을 찾아가 농구 시합을 해야겠다고 말했다. 모든 시간대와 장소가 다른 일정으로 빼곡하게 채워져 있는데 어떻게 하느냐는 반문이 돌아왔다.

"점심시간이요."

어차피 비는 시간이고, 불우이웃돕기 성금 마련을 위한 이벤트라는 명목으로 학교 측에 결국 허락을 받아냈다. 선수들이 여자였고 학년 대항이라 화제가 되었다. 듬성했던 관람석이 꽉 들어찼다. 그리고 우리 팀은 승리했다.

그날의 나는 부당함에 맞서는 비장함보다 그저 농구를 하고 싶은 열망으로 움직였다. 당연히 주어져야 할 기회가 주어지지 않을 때는 직접 만들면 된다는 걸 당시 내가 알았던 건 아니지만, 그날의 성취는 이후 내가 내릴 결정들에 영향을 주었을 것이다.

십여 년이 흐른 어느 날, 나는 친구의 소개로 여자농구단에 들어가게 된다. 다시 농구공을 잡으면서 심장이 요동치는데…….

이게 뭐야? 지금까지 내가 했던 농구는 뭐지? 그걸 농

소희

구라고 불러도 될까? 그렇다면 농구란 무엇인가? 체코에서 낳고 자라 당근 김치를 김치로 알고 살던 사람이 어쩌다 한국 김치를 먹었을 때의 기분이 이런 것일까? 이것이 김치인가? 그럼 내가 그동안 먹었던 김치는 김치가 아니란 말인가? 김치를 김치라 부르는 기준은 무엇인가? 그렇다면 김치란 무엇인가?

근본 없고 기본 없던 나의 농구 인생에 그렇게 대혼돈이 찾아왔다. 혼돈에서 우주가 탄생하듯 내 기울어진 농구도 온전히 다시 태어날 수 있을까? 사실 이건 손에 땀을 쥐게 하는 이야기의 시작이다.

아

리

누상동 이돌핀과
두부찌개

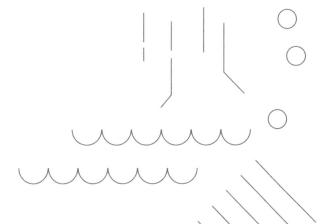

수영과 두부찌개를 만난 순간부터

이미 답은 정해져 있었다

첫 퇴사를 했던 시절 학교와 직장에 소속된 삶만 살다가 난생처음 울타리 밖으로 뛰쳐나오니 몸에 불안이라는 얇은 막이 붙은 듯했다. 일말의 미련 없이 직장을 그만뒀지만 내가 나를 잘 보살필 수 있을지, 밥벌이는 어떻게 해야 할지 초조했다. 오랜만에 친오빠와 통화하던 중 퇴사 소식을 알렸고 그는 말했다.

"사실 울타리 밖에는 사자가 없어. 밖으로 나온 걸 축하해."

그가 건넨 말이 나의 불안을 다독였다. 일에 치여 살던 직장인의 삶에서 벗어나니 모든 것이 달라졌다. 우선 알람을 맞추지 않는다. 미뤄둔 예능 프로를 늦은 밤까지 몰아서 보고 밀린 책들을 쌓아두고 읽으며 우리 집 고양이 김구루와 모모의 뱃살에 파묻혀 지냈다. 까무룩 잠들었다가 내 의지로 일어나는 완벽한 일상이었다. 행복했다. 그런 일상에 조금씩 틈이 보이기 시작할 때쯤 '언젠가 해야지' 하고 미뤘던 일들을 실천해야겠다는 생각이 문득 들었다.

언제든 할 수 있다는 말은 어떤 일도 이루어지지 않았

다는 말과 같다. 마음먹은 만큼 무엇이든 할 수 있는 일상이 지금 내 앞에 있다. 하고 싶었지만 하지 못했던, 언제든 할 수 있을 거라고 생각만 하던 일들을 리스트에 적었다. 그 첫 번째는 수영 배우기. 강습 첫날, 수영 초보는 초급반 레인이 아닌 유아 수영장에 들어가야 했다. 수영장 데크를 붙잡고 몹시 빈약한 발차기를 해댔다. 10여 분이 지났을까. 이번에는 킥판을 붙잡고 또다시 발차기를 해야 했다. 둘째 날도, 그다음 주도 킥판 발차기가 이어졌다. 킥판 없이 내 몸만으로 물에 뜨는 순간이 올까. 성격이 급한 나는 조바심을 내며 의심하기 시작했다. 자꾸 힘을 빼라는 강사의 말이 서운하게 들렸고 몸은 무겁고 물이 무서웠다.

　　매주 월, 수, 금 오전 10시 강습에 빠짐없이 출석했다. 6월의 첫 발차기 이후 한 달이 지났을 무렵 드디어 혼자서 물에 뜰 수 있었고 발차기만으로 천천히 앞으로 나아갔다. 솔직히 체력 소모가 이렇게 클 줄은 몰랐다. 강습이 진행되는 한 시간 동안 연거푸 팔을 쭉쭉 뻗어 올리고 발차기를 하지만, 일대일 강습이 아니라 6~7명 정도가 순서를 기다리며 천천히 영법을 배우고 호흡이 달리면 레인 중간에 서서 쉬기도 하는데 물 밖으로 나오면 다리가 사정없이 후들거렸다. 물속에 오래 있으면 쪼글쪼글해지는 손끝처럼 온몸이 쪼그라드는 기분이었다. 쏟아지는 나른함과 몰려오는 배고픔이 온 신경을 마비시켰다.

수영을 마치고 젖은 머리카락을 바람에 말리며 걸어나오던 내리막길의 설렘은 오직 두부찌개를 위한 것이었다.

콧노래를 흥얼거리며 흐트러진 발걸음으로 구불구불한 골목길을 한참 내려가다 보면 사직동 골목 사거리에 단돈 5천 원이면 충분한 두부찌개 집이 있다. 내가 제일 사랑하는 두부찌개 집.[3] 이 집은 간판이라고는 없고 점심시간에 가면 직장인들로 붐벼서 기다리기 일쑤였다. 늘 혼자 갔던 나는 손님들로 꽉 찬 날에는 모르는 사람과 한 테이블에 마주 앉아야 했다. 처음에는 너무 어색해서 젓가락질조차 신경 쓰였는데 점점 경험치가 쌓여 침묵의 식사는 오로지 두부찌개에 집중하는 시간으로 발전했고 숨 막히는 어색함 따위는 말끔하게 물리쳤다. 수영 후 녹초가 된 몸으로 밥집에 앉아 뜨끈한 고봉밥을 숟가락으로

3   몇 년 전 '사직골'이라는 간판을 새롭게 걸고 소공동으로 이전했다.

한가득 퍼서 입에 밀어 넣은 다음 새빨간 두부찌개를 후루룩 떠먹는 그 시간은 하루 중 가장 근사한 순간이다. 지금껏 두부찌개만큼 맛있는 밥을 경험한 적이 있었나. 큼직한 두부를 숟가락으로 대충 으깨서 말아둔 밥과 함께 꿀떡 넘길 때 이 세상에는 두부찌개와 나, 오직 우리 둘만이 존재한다. 운동한 뒤에 먹는 한 끼가 얼마나 맛있는지, 감각에 의지해 몸을 쓰고 감각에 집중해 음식을 먹는 일이 얼마나 큰 기쁨인지 왜 아무도 저에게 알려주지 않았나요? 누군가 나에게 "운동하기 위해 밥을 먹는 것이냐, 밥을 맛있게 먹기 위해 운동하는 것이냐"라고 묻는다면 둘 다 맞다고 대답할 것이다. 수영과 두부찌개를 만난 순간부터 이미 답은 정해져 있었다.

　6개월이 흘렀다. 그동안 다져진 체력은 자연스레 몸의 변화로 이어졌다. 허벅지 근육은 튼튼하고 매끈한 바다코끼리와 흡사할 정도로 눈에 띄게 반질거렸다. 물살을 이겨보겠다는 마음은 흐려지고 물과 정직하게 친해지는 시간이었다. 지난 강습 때보다 더 나은 영법을 구사하고 싶어서 발차기와 팔의 정확도를 높이는 노력을 기울였다. 몸에 굴곡을 만들어 물속으로 쑥 빠져드는 잠영을 처음으로 완벽하게 해냈을 때의 순간을 잊지 못한다.

물속으로 뛰어들던 순간, 수영장의 소음이 물 밖으로 튕겨 나간 그 자리에 내 호흡이 자리 잡던 순간, 크고 거친 나의 숨소리에 귀 기울였던 순간, 밑바닥에 닿을 듯 아주 가까이 내려가 레인을 천천히 훑던 순간. 몸을 움직이는 만큼 나아가는, 온전한 내가 되는 그 순간은 몸으로 느낄 수 있는 가장 우아한 감각이었다. 이제 나는 자유형과 배영, 평영, 한 팔 접영까지 할 수 있다. 체력 소모는 수영에 대한 애정과 정비례해서 커졌다. 금방 허기가 졌고 매번 두부찌개로 속을 채웠다.

운동으로 단련된 체력 변화는 삶의 반경을 넓힌다. 물과 친해졌으니 이제는 땅과 친해질 차례다. 가장 간편하고 혼자 할 수 있는 운동, 달리기. 누상동에서 경복궁을 지나 삼청동과 계동까지 조금씩 코스를 넓히며 달렸다. 동네가 넓어진 기분이었다. 해가 지고 선선한 바람이 불면 운동화 끈을 조이고 밖으로 나간다. 경복궁을 두르는 길을 일상 속 달리기 트랙으로 활용하고 있다니, 과연 사대문 안에 사는 복지로소이다.

이렇게 들뜬 나를 다독이며 채우던 날들이 여전히 경복궁 둘레길 곳곳에, 종로문화체육센터 수영장 레인 속에 기록되어 있겠지.

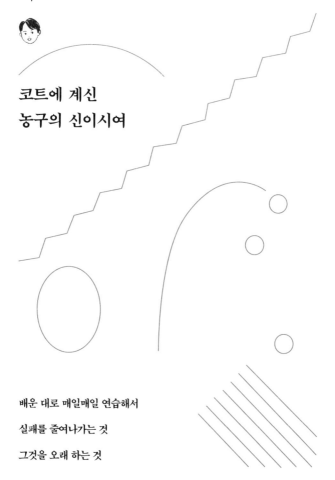

소

희

코트에 계신
농구의 신이시여

배운 대로 매일매일 연습해서

실패를 줄여나가는 것

그것을 오래 하는 것

농구단에 처음 들어갔을 때 눈에 띄는 사람들이 있었다. 마치 농구공과 손이 하나가 된 듯 자유롭게 플레이하는 사람들, 농구대 앞에서 부드럽게 팔을 올려 힘들이지 않고 골을 넣는 사람들, 누가 봐도 태가 다른 사람들. 처음에는 감탄했고 나중에는 좌절했다. 내가 저들처럼 되려면 다시 태어나는 수밖에 없다는 생각이 들어서였다. 강백호가 뒤늦게 농구를 시작했다지만 그래 봐야 고등학교 1학년이었다.

나로 말할 것 같으면 퇴근 후에 다른 일을 할 여력이 없는 아주 보통의 회사원이다. 평균 열 살은 어린, 잘 훈련된 사람들 사이에서 게임을 하다 보면 멍청이가 되는 기분이다. 일단 내가 어디 서 있어야 하는지 모르겠고 어디로 달려 나가야 하는지 모르겠으며 슛을 쏴야 하는지 패스를 해야 하는지 판단이 안 되고 슛을 쏴도 엉망진창이다. 이 사람들이 왜 나랑 같이 농구를 해주는지 모르겠다고 어깨가 축 늘어져 집에 가는 날들이 이어졌다.

농구단에 들어간 지 두 달 만에 처음으로 서울시 정규 리그에 나갔다. 주로 벤치에 앉아 있었기 때문인지 코트 바닥이 나무였다는 것 말고는 기억나는 게 없다. 뒤풀이로 간 고깃집만 생각날 뿐이다. 내가 속한 농구단이 처음

소희

출전한 정식 대회였고 우리의 패배는 어쩌면 당연했을지도 모른다. 그러나 1년 뒤 서울시 정규 리그에 다시 출전하던 날은 달랐다. 참가에 의의를 두었던 전해와 달리 우리 팀은 1승을 목표로 하고 있었다. 총 4쿼터로 경기를 두 번 치렀다. 나는 첫 번째 경기 2쿼터에서 3분 정도 뛰었다. 첫 번째 경기에 패하고, 두 번째 경기 3쿼터로 넘어가면서 알게 되었다. 코치가 나를 다시 코트로 내보내지 않을 거라는 걸. 뒤로 갈수록 우리 팀은 절박해졌고 그만큼 에이스들이 더 많이 뛰었다. 당연했다. 하지만 나와 실력이 비슷한 사람들도 다시 코트로 나가는데 나 혼자 끝까지 벤치를 지키고 앉아 있어야 했던 건 견딜 수 없었다.

대회가 끝난 뒤 서둘러 바이크[4]가 있는 주차장으로 향했다. 누군가가 잘 가라고 말을 건넸지만 제대로 인사하지 못하고 쫓기듯 대회장을 빠져나왔다. 후문을 나서자마자 꾹 삼켰던 눈물이 흐르기 시작했다. 도로를 달리는 바이크 위에서 내내 울었다. 집에 도착해 침대에 몸을 던지고 울었다. 수치스러웠다. 내가 그렇게 다뤄졌다는 것이, 나를 그렇게밖에 보지 않았다는 것이. 살면서 울었던

4 보통 자전거와 오토바이를 가리키지만 이 책에서는 오토바이만을 지칭한다.

날이 하루 이틀이겠으며 수치스러운 순간이 한두 번이었겠냐마는 그날만큼은 태어나서 처음인 것처럼 큰 소리를 내며 울었다. 모로 누워 울고, 딸꾹질하며 울었다.

농구단 사람들에게서 "얼굴이 안 좋아 보이던데 괜찮으냐"라고 문자가 왔다. 답장하고 싶지 않았다. 그런데 평소 거의 연락하지 않던 팀원에게서 전화가 왔다.

"제가 지난해 경기에서 느꼈던 기분과 비슷할 것 같아요."

차분한 목소리가 위로를 건네왔다.

그는 눈에 띄지 않는 사람이었다. 낯을 가리고 말수가 적어서 친해지기 어려운 타입이었다. 부럽거나 배우고 싶을 만큼의 실력을 가진 것도 아니었다. 나처럼 늦게 농구를 시작했고, 몸이 가늘어 힘이 좋기가 어렵고, 키가 크지 않아 농구를 위한 체격이라고 말하기 힘든 사람이었다. 그런데 어느 날부터 그 사람이 눈에 들어오기 시작했다. 아마도 정면 레이업 슛 을 성공시켰던 날부터일 것이다.

5 공 그물에 가깝게 점프하여 공을 바스켓 위쪽에 올려놓듯이 한 손으로 던지는 슛.

빠르지도 않고 현란하지도 않았지만, 차분히 날아올라 지난 수업에서 배웠던 정면 레이업을 해냈다. 배운 대로. 연습한 대로. 그는 코트 위에서 하나씩 시도하고 성공률을 높여갔다.

'할 수 있다'라는 건 저런 걸까. 불가능한 무언가를 한 방에 해내는 게 아니라 배운 대로 매일매일 연습해서 실패를 줄여나가는 것. 그것을 오래 하는 것. 천부적인 재능이 없는 보통 사람이 자신의 지지부진을 견디고 마침내 자기가 원하는 상에 가까워지는 것.

전화를 준 사람이 바로 그래서 목이 메었다. 나중에 연락하겠다고 말하고 급히 전화를 끊었다. 다시 눈물이 흘렀다. 그가 전화를 건 이유는 다음 날 있을 수업부터 취미반이 아닌 대회 준비반으로 참여하라는 코치의 말을 전하기 위해서였다(나를 3분밖에 내보내지 않았으면서!). 눈물을 달고 그에게 문자를 보냈다.

사실 농구단에 계속 있어야 할지 말아야 할지 모르겠어요. 그래서 대답하기가 어렵습니다. 생각할 시간이 필요해요.

기용되지 않을 코트에 다시 가는 것은 싫었다. 농구단

을 그만둠으로써 내가 얼마나 상처받았는지 알려주고 싶었다. 그렇다고 농구를 그만두고 싶지는 않았다. 심경이 복잡했다. 심장이 터질 만큼 좋아하는데 그만큼 나를 좋아하지 않는 상대를 계속 만나야 하는 슬픔과 고통 같은 것이었다. 결정을 하지 못한 채 날이 밝았다. '농구단을 그만둘지 말지 차차 결정하기로 하고 오늘은 일단 결석해서 내 기분이 어떤지 티를 내볼까?' 하며 농구 양말을 신었다. '이대로 그냥 뒤돌아 나갈까?' 하며 체육관 문을 열었다.

어른이 되었다고 말하기에는 너무 오래전 일이라 겸연쩍지만 어른이 된다는 건 가장 피하고 싶은 문제에 가장 빨리 부딪히는 게 낫다는 걸 아는 것이다. 도망가고 싶지만 도망갈 수 없다는 것을, 피할수록 내 안의 고통이 연장된다는 것을 아는 것이다. 당장 팀원들과 얼굴을 마주하고 간단한 대화를 나누기가 어려울 것 같았다. 더군다나 코치 얼굴을 봐야 한다니. 화가 나면 상대의 눈과 얼굴을 보지 못하는 나는 코치의 어깨와 팔꿈치 사이를 바라보며 대충 인사했다.

수업과 동시에 시합이 시작되었다. 여전히 코치를 보고 싶지 않았다. 내 감정을 들키기 싫지만, 다른 얼굴로 위장하고 싶지도 않았다. 그렇다고 고개를 숙일 수는 없었다. 나락으로 떨어진 기분과 별개로 나에게는 잡아야 할 패스가 있고 던져야 할 슛이 있고 막아야 할 상대편이 있었다. 전날의 기분을 되새길 새 없이 코트 위를 달리다 보니 자괴감과 수치심은 어느새 땀과 함께 떨어져 나갔다. 슛을 성공시키고 나서는 기어이 웃고야 말았다. 그렇게 울어놓고 이렇게 쉽게 웃어버리다니. 농구 바지를 뚫고 뿔이 솟아오를 것 같다.

　　코트에 계신 농구의 신이시여.
　　세상이 무너진 듯 침대에 쓰러져 울다가 공 하나 넣고 세상을 얻은 듯 웃음을 터뜨리는 이 애처로운 중년의 포워드⁶를 굽어살피사 기왕 이렇게 된 김에 저를 리바운드⁷의 제왕으로 완성시켜주시옵소서. 에이맨.

6　자기 진영 전방에서 공격이나 수비를 담당하는 선수 또는 그런 위치.
7　공이 골인되지 않고 백보드에 맞고 튕겨 나오는 일.

운동 종목을 찾아서

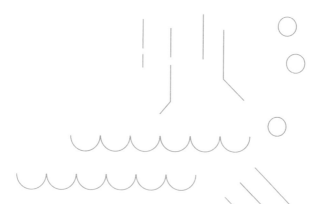

운동을 멈추는 것을

과연 포기라고 말할 수 있을까?

퇴사 후 배운 첫 번째 운동은 수영이다. 시간이 많았고, 마침 우리 집은 종로문화체육센터와 10분 거리에 있었다. 성미 급하고 눈치 빠른 나는 제법 잘하는 것과 쉽게 사랑에 빠진다. 반대로 잘하지 못한다 싶은 건 빠르게 포기한다. 수영은 후자에 가까웠다. 아무리 물이 무서워도 양손을 뻗어 킥판 위에 올려놓기만 하면 괜찮을 줄 알았다. 하지만 물속에 얼굴을 넣는 게 쉽지 않았다. 물이랑 친해지러 온 건데 자꾸 물과 싸우는 기분이었다. 숨이 벅찼고 몸은 더디게 움직였다. 뻣뻣한 몸이 한심했다. 물과 친해지기를 포기하려던 찰나 힘을 빼라며 계속 다그치는 수영 강사의 말에 승부'욕' 버튼이 눌렸다.

　　"제가 힘을 주고 싶어서 주냐고요. 진짜 환장하겠네!"

　　몹쓸 오기가 작동했다. 그래, 오늘부터 강사와의 결투를 신청한다. 일주일에 세 번, 강습에 나갔다. 수업이 없는 날이면 자유 수영이 가능한 시간에 맞춰 나갔고 하찮은 물장구를 치며 음-파-음-파 들숨과 날숨을 반복했다. 한 달이 지나 드디어 킥판의 도움 없이 물에 뜰 수 있는 몸이 되었다.

아리

해봐야 안다. 내가 어떤 운동에 흥미가 있는지 직접 해봐야 알 수 있다. 그저 막연하게 흥미 여부를 짐작하기에는 수많은 종목이 있고, 여성에게는 다양한 운동을 경험할 수 있는 기회가 주어지지 않았다. 고작 공을 피하는 피구 정도만 있었을 뿐이다. 공에 된통 맞고 공에 대한 공포감이 생기면서 나는 운동을 좋아하지 않는다고 지레 결론을 내렸다.

수강료를 내고 배운 두 번째 운동은 스포츠클라이밍(이하 클라이밍)이다. 마침 관심사가 겹치는 동료와 같이 초급반을 등록했다. 나는 지구력이 꽝이고 동료는 유연성이 제로인 게 웃겼다. 클라이밍은 놀이와 취미에 가까웠고 건강과 체력 단련은 덤이었다. 클라이밍에 대한 애정은 뜨겁게 타오른 탓에 급하게 식었다. 강습을 받은 지 6개월 차에 접어들었을 무렵 그만두고 다음 해에 다른 클라이밍 센터를 다니다 또 그만두기를 두 번 더 반복했다.

몇 년 뒤 처음으로 헬스장에 등록하고 PT를 시작하면서 제2의 운동 전성기를 맞이했다. 1년 동안 시도만 하던 풀업이 세 개까지 가능해졌고 근육량이 크게 증가했다.

PT로 다져진 몸이 만족스러웠다. 역시 몸은 정직하다. 시간과 돈을 들인 만큼 드러난다. 시도하고 그만두기를 반복하던 클라이밍이 다시 한번 떠올랐다. 이번에는 기필코 오래 해보리라 다짐했다.

운동을 멈추는 것을 과연 포기라고 말할 수 있을까?

몸의 컨디션과 상황에 따라 다른 종목으로 흥미가 환승하는 것은 아닐까?

나는 운동선수가 아닌데 굳이 한 종목만 팔 필요가 있을까?

생각의 끝에 다다랐을 때 비로소 자유로워졌다. 환승할지언정 흥미가 생긴다면 당장 움직이는 게 좋다.

아리

소

희

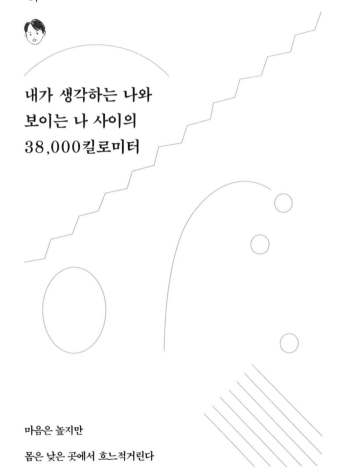

내가 생각하는 나와
보이는 나 사이의
38,000킬로미터

마음은 높지만

몸은 낮은 곳에서 흐느적거린다

지금 나는 고래다. 아니, 고래였으면 좋겠다. 차라리 고래라면 물을 뿜을 때마다 사람들이 즐겁기라도 하지. 방콕의 한 호텔 수영장에서 나는 거대한 몸짓으로 발버둥 치며 사방에 물을 튀겨 주변 사람의 미간을 찌푸리게 만들고 있었다.

수영을 제대로 배운 적 없지만, 숨 한 번 쉬지 않고 25미터 정도는 헤엄칠 줄 안다. 봐도 좋고 안 봐도 좋은 친구처럼 수영과 나는 친한 듯 안 친한 사이로 그럭저럭 잘 지냈다. 그러던 어느 날 본격적으로 수영을 배우면서 수영과 나의 사이는 조금씩 틀어졌다.

수영 수업은 마치 반말까지 튼 우리에게 자기소개부터 다시 하라는 것 같았다. 나의 자기소개는 공중목욕탕에 가까운 유아 수영장에서 물장구를 치는 것으로 시작했다. "선생님, 수영과 저는 이런 사이가 아니란 말이에요"라고 소리치고 싶었다. 곧이어 킥판을 잡고 앞사람에게 치이지 않되 뒷사람을 차지 않도록 신경 쓰면서 앞으로 나아가는 법을 배웠다. 그리고 어깨 동작, 그다음 숨쉬기

소희

동작······. 숨쉬기만 못할 뿐 헤엄치는 건 자신 있었는데 동작들을 하나하나 쪼개어 연습하자니 오히려 수영과 처음 만난 사이보다 어색한 사이가 되었다.

내가 굳이 수영을 배운 이유는 잘 보이고 싶어서였다. 회사에서 방콕 여행을 가서 단체로 한 호텔에 머물렀다. 나는 일정이 끝나는 대로 일주일을 더 쉴 수 있도록 휴가를 썼고 친구가 날짜에 맞춰 오기로 되어 있었다. 그렇다. 회사 사람들과 그 친구에게 잘 보이고 싶었던 것이다. 물살을 여유롭게 가르며 호텔 수영장에 걸맞은 몸짓을 보여주고 싶었다. 3개월의 집중 강습까지 마친 터라 자신이 있었다. 콧대가 높아지고 어깨도 넓어진 나는 배운 대로 동작을 이행하며 방콕의 한 호텔 수영장을 오가고 있었는데 물 밖에서 웃음소리가 들려왔다.

"동작이 진짜 정직하시네요!"

도대체 무슨 말씀이신지. 내 의문은 그가 찍어준 동영상으로 해결할 수 있었다. 영상 속에는 내가 상상하던 모습과 전혀 다른 내가 있었다. 왼팔을 쭉 뻗고 → 오른팔을 굽히고 → 고개를 오른쪽 하늘을 향해 젖히고 → 오른팔을 하늘을 향해 올렸다가 → 오른팔이 앞으로 갈 때 → 고개를 왼쪽으로 휙 돌리고. 당장 번호를 붙여 체육 교과서에 실어도 될 만큼 분절된 동작들이었다. 또 물은 얼마나 튀어대는지, 흡사 물 뿜는 고래와 같았다. 이제 막 운동을 시작한 사람의 자세란 나사가 빠져 보이거나 나사를 너무 조여 놓은 것 같다. 마음은 높지만 몸은 낮은 곳에서 흐느적거린다. 그 괴리를 견뎌야 다음 단계로 넘어갈 수 있다. 하지만 쉽지 않다.

농구를 시작한 지 얼마 안 됐을 무렵이다. 단체 메시지 방에 올라온 시합 영상을 보고 받은 충격을 생각하면 아직도 머리가 어질하다. 녹음한 내 목소리를 처음 들었을 때의 충격과 유사한 것이었다. 이게 나라고? 어깨 빠진 사람처럼 털레털레 달리는 이 사람이? 양치할 때 남겨진 손처럼 어정쩡하게 꼬부라진 팔을 흔들대는 이 사람이? 주먹을 쥐고 달리는 것조차 훈련되지 않은 초보는 처진 잎사귀 같은 손을 매달고 휘적휘적 뛰어다닌다. 본인은 뛰어다녔다고 생각했지만 실제로는 나무늘보처럼 어기적거리

소희

는 것에 가깝다. 화면 속 나는 내 머릿속의 나를 두 배 정도 느리게 재생한 속도에 갇혀 있다. 고작 저렇게 뛰려고 헉헉댔단 말인가. 고작 저만큼 점프하려고 그렇게 무릎을 구부렸단 말인가. 저게 스크린 인가, 댄스 준비 동작인가. 골대 밑에서 뭔가 해보려는 것은 레이업인가, 탈춤인가.

녹음된 목소리가 내 것이 아니라고 아무리 우겨도 사람들이 맞다고 하듯이, 우아하게 물살을 가르고 있다고 생각했지만 포세이돈의 굉음을 일으키고 있었듯이,『슬램덩크』의 서태웅처럼 날카로운 플레이를 하는 줄 알았는데 도로 위의 위태로운 나무늘보처럼 어기적거리고 있었듯이. '이렇게 하면 이렇게 보이겠지' 하고 내가 예상하는 나의 모습과 다른 사람이 보는 실제 나의 모습 간의 간극은 어마어마하다. 나는 이 사실이 종종 당혹스럽다. 그럴수록 자신을 직시해야겠지. 다른 사람이 무심히 찍은 나의 사진을 보면서, 영원히 폐기하고 싶은 연습 장면을 돌려 보면서, 구부정한 어깨를 펴고, 날달걀을 감싸 잡은 듯이 주먹을 쥔 채 달리고, 슛을 던진 뒤 자세를 풀지 않는 연습을 해야겠지.

8 상대와 부당한 접촉 없이 상대가 원하는 위치로 이동하는 것을 지연시키거나 방지하는 행위.

그러다 보면 언젠가 내가 생각하는 나와 보이는 나 사이의 38,000킬로미터가 380미터까지 좁혀지지 않을까. 그때까지 빅베이비드라이버의 「38,000㎞ 너머의 빅베이비」를 부르며 물살을 가르고 공을 던져야지. 용감한 고래처럼, 포기를 모르는 나무늘보처럼.

여기서 달나라까지 여기서 대서양까지
그대와 나의 거리는 얼마나 먼지 알 수 없어요
아무리 계산해봐도 한 달도 육 개월도 모자라요
하지만 나는 믿어요 언젠가 우리 같이 노는 날
다시 한번 생각해봐도 그대는 저 높은 하늘에 빛나는 별
하루가 일 년 같은 무인도에 캔맥주 한 모금처럼 머나먼 별
이제는 내게 한 번 내려와요 이제는 그럴 때도 됐잖아요
하루도 빠지지 않고 바랬어요 우리 같이 노는 날
내 입술에 말해요 내 귓가에 노래해요
삼만 팔천 킬로라도 따라갈 수 있어요
내 입술에 말해요 내 귓가에 노래해요
삼만 팔천 킬로라도 나는 갈 수 있어요

소희

선입견이
잠재력을 누를 때

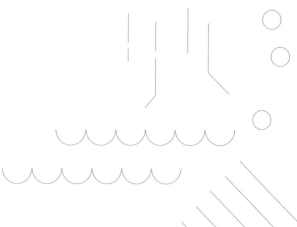

얼떨떨하면서도 홀가분했다

처음 느낀

새로운 성질의 성취감이었다

"관장님, 여기 바닥부터 천장 홀드[9] 끝나는 부분까지 몇 미터쯤 돼요?"

"대략 4미터쯤 되지 않을까요."

이렇게 올려다보기만 해도 높은데 4미터라는 말을 들으니 오금이 저리고 아찔하다. 나는 높은 곳을 싫어한다. 번지점프, 패러글라이딩, 놀이기구, 전망대의 투명한 유리 바닥은 경계 대상이다. 땅과 멀어지는 만큼 정신이 팽글팽글 돈다. 그런 내가 클라이밍을 한다. 높이 올라가지 않고 벽을 탄다는 전제 조건하에 정말 재미있게 하고 있다. 클라이밍을 좋아하는 만큼 실력도 꾸준히 늘고 있는데 리드클라이밍[10]을 시도할 생각은 전혀 없다. 높은 곳이 너무 무서우니까.

6개월 만에 초급반에서 중급반이 되었다. 내 실력은 여전히 초급에 머물러 있는 것 같은데 어쩌다 보니 중급반으로 내몰렸다. 중급반을 가르치고 있는 관장님은 충분한 실력이라고 했지만 한 달도 안 돼서 다시 초급반으로

9   자연 암벽에서 사용되는 바위의 모양을 본떠 만든 암벽 손잡이.
10   로프를 사용하여 고리를 걸면서 높은 지점까지 올라가는 클라이밍의 한 종류.

아리

강등될 게 뻔했다. 중급반 첫 수업이 시작되는 날 나는 풀 죽은 마음으로 암장[11]에 갔다.

잔뜩 위축된 나를 관장님이 반기며 암벽화는 안 신어도 되며 수업하기에 앞서 오늘은 점검하는 시간을 갖겠다고 했다. 근력 테스트인가? 그렇다면 자신 있지. 지난 몇 개월간 등 근육과 풀업에 집착해 다섯 개까지는 어렵지 않게 할 수 있었기 때문이다. 쪼그라든 마음이 살짝 펴졌다. 점검 첫 종목은 풀업이었다. 오호라, 드디어 나의 능력을 보여줄 시간이 왔다.

"하나, 둘, 셋, 네엣, 다-서-엇, 여-서-어-엇?!"

자신감이 치솟은 나머지 두 달 동안 머물러 있던 풀업 다섯 개에서 여섯 개로 기록을 경신하고 철봉에서 내려왔다.

"오, 근력이 진짜 좋으신데요."
"그런가요(쪼그라든 마음 86퍼센트 충전)?"

11 인공 합판 혹은 건물 벽면에 구멍을 뚫거나 손잡이를 붙여서 인공 암벽 시설을 갖춘 곳.

74

"초급반에서 올라오는 여성분들 대부분은 아예 못하거나 한 개 정도 하거든요."

"그런가요(점점 부풀어 올라 과열되는 마음 120퍼센트 충전!)?"

"그런데 지금 회원님이 한 건 턱걸이라기보다는 코걸이에요."

"네?"

"철봉이 턱에 닿는다 생각하고 상체를 최대한 높이 들어 올려야 해요."

"네(다시 정상 궤도로 돌아온 마음)."

지금까지 정확한 자세가 아닌 숫자에만 집착하고 있었던 것이다. 근력 테스트를 차례대로 마친 결과 나는 단숨에 끌어올리는 근력은 좋은 반면 지구력이 떨어진다고 했다. 역시 성미가 급하고 단기 집중력에 강한 나의 성향이 몸에서도 고스란히 드러난 시간이었다. 그래, 지구력을 키우자. 첫날 근력 테스트가 끝나고 이후 두 번의 강습을 받았다.

오늘이 바로 네 번째 수업 날, 근육통이 채 가시지 않

아리

은 몸으로 암장을 향하는 발걸음이 내내 무거웠다. 중급반 수업이 마냥 즐겁지만은 않았기 때문이다. 즐거울 겨를이 없었다. 초급반에서는 잘하는 축에 속했는데 중급반에서 나는 오버행[12]에 오래 매달리지 못하고 뚝뚝 잘도 떨어졌다. 오버행에 올라간 지 얼마 안 돼 힘없이 떨어질 때면 자신감도 사정없이 뚝뚝 떨어졌다. 나는 낙엽인가봐, 잘하고 싶은데 못하니까 화가 잔뜩 나 있는 무거운 낙엽……. 좋아하는 만큼 잘하고 싶다.

사실 중급반 수업을 듣기 전 열흘 정도 암장에 나오지 못했는데 그 공백 기간이 결정적인 원인이었다. 생리통도 엄청 심했고 친구들과 오래전에 계획한 휴가도 다녀왔다. 몸은 왜 이리 정직한지 차곡차곡 적립해온 건강한 몸의 기록들은 운동하지 못한 열흘이라는 여백만큼 뒷걸음질했다. 몸은 방심한 사이에 예전의 몸으로 돌아가기 바쁘다.

입이 삐죽 나온 상태에서 관장님이 가리킨 루트를 눈으로 익히고 홀드를 잡았다. 시작부터 힘들다. 또 금세 떨어질 게 뻔했고 저 높은 곳까지 올라가지 못할 것이다. 그

12　수직 이상의 경사도를 가진 벽.

것이 나의 정해진 미래다.

관장님 이건 안 되는 거예요, 저한테 무리인 것 같아요, 홀드를 하나씩 잡을 때마다 마음속으로 또박또박 대꾸했고 손바닥의 굳은살은 그새 물러져서 얼얼하고 따가웠다. 정해진 루트를 완등하려면 홀드 스물두 개를 잡고 오버행을 버텨야 했다. 중간 지점인 열두 개쯤 지났을 무렵 눈앞의 홀드 두 개까지만 더 잡고 떨어져야겠다 마음먹고, 있는 힘껏 손을 뻗어 올렸다. 내가 정한 만큼의 목표만 딱 성공하고 툭, 둔탁한 소리를 내며 바닥 매트에 떨어졌다.

"아리 씨, 이 루트 제일 위쪽까지 올라갔어요!"
"네?"
"지금 제일 높은 지점의 홀드를 잡고 내려왔어요."
"말도 안 돼, 제가 저기를 올라갔다고요?"

4미터라는 무시무시한 높이의 홀드를 잡았을 리가 없는데? 저 꼭대기를 올려다보는 것만으로도 손에서 땀이 나는데? 얼떨떨하면서도 홀가분했다. 뿌듯한 것 같기도 하고, 클라이밍을 하고 나서 처음 느낀 새로운 성질의

성취감이었다. 나는 높은 걸 무서워하니 절대 해내지 못할 거라던 내 안의 뿌리 깊은 선입견이 잠자고 있던 잠재력을 봉인 해제한 것이다.

"무슨 생각을 해……. 그냥 하는 거지."

스트레칭을 할 때 무슨 생각을 하느냐는 질문에 대한 김연아 선수의 대답을 떠올린다. 나에 대한 선입견을 무시할 때 의외의 가능성이 보인다. 앞뒤 가리지 않고 그냥 하는 것, 일단 해보는 것의 힘은 세다.

아리

소

희

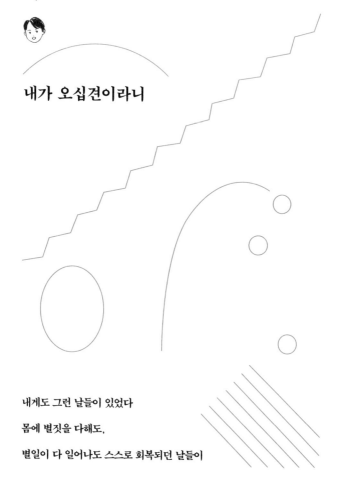

내가 오십견이라니

내게도 그런 날들이 있었다

몸에 별짓을 다해도,

별일이 다 일어나도 스스로 회복되던 날들이

농담 반 진담 반으로 '이제 어엿한 중년'이라고 떠들긴 했지만 내가 오십견[13]이라니. 이렇게까지 어엿할 일인가. 2019년 12월 재활의학과에서 "이러다 잘못되면 오십견이 올 수도 있다"라고 했을 때 귓등으로 들었던 건 내가 아직 새파란 중년 새내기에 불과했기 때문이다. 그런데 오십견이라니!

그해 여름, 일주일에 네 번씩 농구를 했다. 밤 10시가 지나면 불이 꺼지는 망원유수지 농구장에서 가로등 불빛을 조명 삼아 슛을 연습하는 날들이었다. 얼렁뚱땅 들어가는 것처럼 보여도 연습 경기에서 슛 성공률이 올라가고 있었던 건 이 미친 연습 때문이었다. 그런데 어느 순간부터 공을 던질 때 어깨 뒷부분이 삐거덕하는 느낌이 들었다. 연습을 많이 해서 그런가 하고 대수롭지 않게 넘겼지만 계절이 바뀌어도 간헐적인 통증이 계속되었다. 11월이 되어서야 병원에 갔고 어깨충돌증후군 진단을 받았다. 굽은 어깨를 과도하게 사용해 염증이 생겼다고 했다. 의사는 크게 걱정할 일은 아니고 운동을 쉬면서 도수 치료를

13 어깨 질환의 별칭. 어깨가 얼어버린 것처럼 관절낭(관절을 둘러싼 피막)이 굳어져 팔을 들어올리기 힘든 증상이며 50대에서 주로 발병하여 '오십견'과 같은 명칭을 갖게 되었다.

소희

받으면 곧 나을 거라고 덧붙였다. 문제는 곧바로 회사 일이 바빠져 제때 도수 치료를 받지 못한 것이었다. 당시에는 별생각이 없었다. 쉬라고 했지만 '일주일에 한 번 정도는 괜찮겠지'라면서 농구를 계속했다. 당연히 염증은 낫지 않았다. 그래서 1월에 눈을 딱 감고 모든 운동을 쉬었는데 어깨가 더 둔해졌다. 재활의학과에 갔더니 가동성이 안 좋아졌다고 이러다 오십견으로 진행될 수 있단다.

"지난번에 자극을 주지 말라고 해서 운동을 멈추고 오른쪽 어깨를 쉬어준 건데 왜 이렇게 된 걸까요?"

적절한 운동 치료를 받으며 큰 자극을 주는 운동을 피하라는 것이지 완전히 쓰지 말라는 게 아니었다고…… 좀 억울했다. 마음먹고 농구를 한 달이나 쉬었는데 어째서 이렇게 된 걸까. 더는 그 병원을 믿을 수 없게 된 나는 병원 순례를 시작했다. 마지막으로 방문한 한의원에서는 내가 앞서 받은 한방, 양방의 모든 치료를 맹비난했다. 뼈가 틀어져서 생긴 문제인데 원인을 방치한 채 결과로서의 어깨만을 조지는 치료는 잘못됐다는 것이다. 알아들을 수 없었지만 열심히 고개를 끄덕이며 이런저런 치료를 받고 알 수 없는 한약들을 먹었다. 거기서는 한 달 동안 오른쪽 어깨를 쓰지 말라고 했다. 가능하면 깁스를 하고, 그게 안 되면 삼각대라도 받치라고 권했다. 그렇게 한 달 넘게 오른쪽 어깨를 쓰지 않았는데 어느 날 문득 불길한 느낌이 들었다. 거울 앞에서 만세를 해봤다. 왼팔은 귀 옆에 붙어 쭉 펴지는데, 오른팔은 "안녕" 하고 인사하듯 구부러진 채 펴지지 않았다. 뒤에서 날아오는 공에 뒤통수를 얻어맞은 듯한 충격이었다.

　서둘러 정형외과에 갔고 결국 오십견 진단을 받았다. 어깨에 문제가 생겼는데 왜 진즉에 정형외과에 가지 않았을까. 등산을 다녀오면 몸 여기저기가 쑤시듯이, 어깨를 많이 써서 아픈 거니까 시간이 지나면 나아질 거라고 제멋대로 생각했다. 오래전 일이지만 내게도 그런 날들이 있었다. 몸에 별짓을 다해도, 별일이 다 일어나도 스스로 회복되던 날들이. 그런 시절은 이제 돌아오지 않을 것이다. 심신에 아무리 작은 일이 일어나더라도 금이야 옥이야 돌보고 유난을 떨어야 겨우 현상 유지가 가능한 시절이 도래한 것이다. 정형외과 의사는 일단 오른팔을 올려 귀에 닿게 만들라고 했다.

"다리 찢기라고 생각하세요. 다리를 어디까지 찢을 수 있는지는 자기만 알아요. 누군가 대신할 수 있는 일이 아니에요. 빨리, 많이 찢으려고 누군가 등을 세게 누르면 부상을 당하죠. 너무 살살 해도 효과가 없고요. 아프지만 견딜 수 있을 만큼의 적당한 강도로 꾸준히 해주세요."

집에 돌아와 거울 앞에 섰다. 왼팔은 너무 쉽게 올라간다. 살면서 만세가 된다, 안 된다를 생각해본 적이 없었다. 당연한 게 안 되고 보니 어깨라는 게 참 신기한 부위인 것이다. 앞과 뒤, 안과 밖이 아무렇지 않게 뒤집히며 회전이 가능한 복잡한 구조와 기능을 갖고 있었다.

잃기 전까지는 도저히 알 수 없는 것들이 있다. 어디든 원하는 대로 여행할 수 있었던 시절이 언제였냐는 듯 코로나19로 이동이 가로막힌 지금처럼 말이다. 그때로 돌아간다면 우리는 가지고 있는 것들을 소중히 여길 수 있을까? 난 어깨를 잠시 잃었고 아직 많은 것을 가지고 있음을 부러 생각하려고 한다. 잃고 있지만 덜 잃기 위해 정형외과에 성실하게 다니기로 했다. 한 방에 낫고 싶은 욕심에 여러 병원을 떠돌다가는 한 방의 대박을 노리다 6년 동안 묶여버린 주식처럼 망할 테니까.

"처음 왔을 때랑 많이 달라지지는 않았네요. 팔을 귀에 붙이는 건 할머니들도 일주일이면 해요. 알아요. 아플 거예요. 그럼요, 아프고말고요. 그래도 이 단계를 넘겨야 다른 치료를 할 수 있어요. 5월 말까지는 오른팔을 귀에 붙일 수 있도록 열심히 노력해봅시다. 할 수 있죠? 파이팅!"

따끔하면서도 다정하게 사기를 북돋는 의사의 말에 미안해졌다. 나를 믿어줬는데 내 노력이 할머니들보다 덜했다니. '그런데 그분들은 회사에 안 다니시는 게 아닐까요?'라고 묻지는 않았다.

"네! 붙여서 올게요!"

그때가 5월 말까지 열흘 정도 남았을 즈음이었다. 오늘은 7월 11일. 숙제를 하지 못한 나는 병원에 가지 못했다. 내가 빈둥거린 건 아니다. 왼팔로 오른팔을 잡고 위로 끌어올리면 어떻게든 귀에 붙일 수 있었다. 당연히 왼팔 없이는 불가능했다. 게다가 간신히 올린 팔을 내릴 때마다 근육과 근육 사이에서 감전된 듯한 통증이 느껴졌다.

소희

그 고통을 감내하고 계속해야 했지만 어깨에 대고 전기 총을 쏘는 기분으로 열심히 하기는 어려웠다. 천국으로 가는 길은 가시밭이라던데 이 촘촘한 가시밭길 끝에 혹시 더 지독한 지옥이 기다리는 건 아닐까.

가시밭길은 의외의 골목에서 새 국면을 만났다. 친하게 지내는 의사와 근황 얘기를 하다가 "짜잔, 저는 오십견에 걸렸답니다"라고 짐짓 유쾌하게 안부를 전했는데 그가 "잠깐만요" 하더니 이런저런 동작을 시키고 어깨 상부와 견갑골 사이 한 곳을 꾹꾹 눌렀다. 나는 민망해서 웃음이 터져나올 만큼 꽥꽥 소리를 질렀다.

"어깨는 구조가 복잡해요. 이건 어깨충돌증후군이기도 하고 오십견이기도 해요. 인대를 쉬게 하라는 한의사의 말도 맞고요. 지금 제가 짚은 근육 자리가 부어서 위로 올라와 있어요. 근육 사이에 틈이 있어야 회전이 가능한데 올라온 근육 때문에 틈이 없고 그 상태로 팔을 올리려 하니 상부 근육과 맞닿으며 꼬집히는 거죠. 그래서 전기가 흐르는 듯한 통증이 느껴지는 것이고요."

두 주먹을 마주하고 복잡한 어깨의 구조를 설명해주던 의사는 문제의 부은 근육 자리가 아까 짚어대던 그곳이라고 했다. 잘 풀어주면 틈이 생겨 꼬집히지 않을 거라고, 이제 팔을 올려보라고 했다. 팔이 올라갔다. 올라가서 귀에 바짝 붙었다. 내려올 때 찌릿한 통증도 없었다. 신기하고 억울했다. 왜 그동안 아무도 이리 쉽게 알려주지 않은 거야. 그는 담담한 어조로 내 인생을 구하고 "이제 점심시간이라 저는 이만" 하고 가버렸다. 나라면 후생까지 쫓아가 고막에 확성기를 대고 유난스럽게 생색낼 텐데.

어제는 '럼블롤러'를 주문했다. 도깨비방망이처럼 표면이 울퉁불퉁한 마사지 도구다. 사용 후기에 의하면 아파서 죽을 맛이라고 한다. 그리고 죽을 만큼 시원하다고 한다. 나에게 더없이 안성맞춤이다. 평생 잘못된 자세로 살아왔으니 이제 와서 뭘 어찌하냐며 체념하는 대신 공을 들여 몸을 재정비할 시간이다.

몸이 무너지면 재미도 무너져내리니까.
'No Jam No Life'니까.

소희

아

리

언니,
그건 지난 체력이잖아요

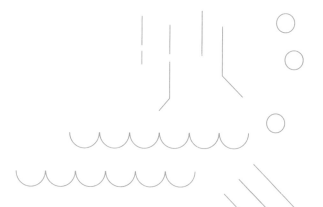

잘하고 있다는 감각은 즐거움을 높여주지만,

못하고 있다는 감각은 열정에 브레이크를 걸어버린다

좀이 쑤신다. 코로나19로 인한 정부 방침으로 암장이 휴관에 들어갔다. 모든 활동이 제한되면서 생활 반경은 좁아졌고 일상에서 운동도 함께 사라졌다. 집과 사무실만 오가면서 활동량과 체력은 곤두박질쳤다. 퇴근하고 집으로 걸어가는 시간이 몸을 쓸 수 있는 유일한 시간이었다. 몸이 가벼울 때도 고단할 때도 걸었다. 고된 일상을 발로 툭툭 쳐내며 걷고 또 걸었다.

신규 확진자 수 그래프가 조금씩 완만해지고 생활 속 거리 두기로 방침이 전환되면서 암장은 두 달 만에 다시 문을 열었다. 오랜만에 간 암장에는 코로나로 인한 새로운 풍경들로 채워져 있었다. 입구 유리에는 흰 연기를 뿜어대는 거대한 소독기를 어깨에 들쳐 메고 방역하는 사진과 함께 '클린존'이라 적힌 거대한 스티커가 붙어 있었다. 사진 속 초급반 선생님의 표정은 사뭇 진지했다. 문 앞 나무 테이블 위에는 액상 유형과 스프레이 유형의 소독제가 놓여 있었다. 스프레이 소독제로 신발과 가방, 옷에 뿌리고 액상 소독제를 손에 꼼꼼히 바른 뒤 암장 문을 열었다.

"아리 씨, 오랜만이네요. 별일 없으셨죠?"

아리

관장님과 안부를 주고받고 암벽화와 초크를 넣어둔 사물함 앞으로 갔다. 은색 자물쇠의 돌출형 버튼을 누르려는 순간 비밀번호가 생각나지 않았다. 머쓱해져 관장님께 도움을 요청했는데 다행히 비밀번호 기록이 남아 있었다. 운동하지 못한 시간 동안 사라진 것은 비밀번호뿐이 아니었다. 거칠고 딱딱한 홀드를 잡다 보면 손바닥과 손가락 마디에 굳은살이 박이는데 그새 깨끗하게 사라져버렸다. 방패막이 되어주는 굳은살이 없으니 손바닥은 금방 따가워졌다. 홀드의 거친 사포 같은 질감이 손에 그대로 느껴졌다. 근육도 흔적을 감췄다. 광배근과 복근이 단단하게 자리 잡았던 몸에 아무리 힘을 줘도 통 보이질 않았다.

　클라이밍도 대부분의 운동처럼 코어 근육이 받쳐줘야 유리하다. 얼핏 팔 힘으로 홀드를 잡고 루트를 이어가는 것처럼 보이지만 기울기가 가파른 벽에 오를수록 코어 힘이 매우 중요해진다. 몸은 운동할 때보다 운동하지 않을 때의 시간을 더 빠르게 알아챈다. 몸의 외형이 달라진 만큼 나의 코어 힘은 몹시 하찮은 상태가 되었다.

　"한창 운동하던 체력으로 끌어올리려면 최소한 일주

일 정도 걸릴 거예요."

관장님이 말했다. 그러니까 일주일 동안 하찮은 몸 상태를 세세하게 겪어야 한다는 거네요? 잘하고 있다는 감각은 즐거움을 높여주지만, 못하고 있다는 감각은 열정에 브레이크를 걸어버린다. 그것도 아주 거세게. 호기심에 시작했지만 생각보다 실력이 늘지 않아서 그만둔 종목들이 스쳐 지나갔다. 과연 나는 브레이크 걸린 몸과 마음에 다시 기름칠하고 활력을 불어넣을 수 있을까.

강습이 시작되고 중급반 사람들이 모였다. 그중 처음 보는 분이 있었는데 이번에 초급반에서 중급반으로 넘어왔다고 한다. 몇 달 전 봤을 때에는 나보다 실력이 아래였던 것 같은데 놀랄 만큼 성장해 있었다. 깜짝 놀랐다.

"와!" → "오?" → "대박!"

감탄사만 튀어나오다가 시간이 지날수록 기분이 이상해졌다. 내 저조한 체력만 부각되는 것 같았다. 별로인 실력에 굴곡진 마음이 더해졌다. 지고 싶지 않다. 수강생 중에서 제일 끝으로 밀려나고 싶지 않다. 승부를 다투는 운동이 아닌데 입술은 내려가고 마음은 들끓었다. 자격지심으로 안절부절못하고 있는 내가 너무 꼴사나웠다. 내

아리

변변찮은 체력과 옹졸한 자존심이 영 마음에 들지 않았다.

강습은 한 시간을 꼭 채웠다. 준비한 체력을 모조리 소진했다. 더 이상 벽에 매달릴 수 없는 상태가 되었고 마무리 운동으로 넘어가야만 했지만 체지방에 꼭꼭 묻힌 복근을 깨우고 싶었다. 굳센 의지로 바닥에 누워 상체를 들어 올리며 크런치를 했다. 운동을 쉬기 전에는 서른 개를 거뜬히 채웠는데 열 개를 넘기자 숨이 찼다. 스무 개를 간신히 채우고 매트 위에 널브러졌다. 땀이 줄줄 났다. 흐르는 땀이 복근을 되살릴 것이다. 고통과 희열이 동시에 손뼉을 쳤다. 복근, 너를 살려내고야 만다! 아니 더욱 강렬하게 조지고 만다!

그로부터 일주일이 지났다. 관장님이 말한 시간이 꼬박 지났는데 내 체력은 여전하다. 아주 약간의 변화가 있긴 하지만 '정말 하찮아서 못 봐주겠네'에서 '정말 하찮네' 정도가 되었달까.

"언니, 그건 지난 학기잖아요."

김보라 감독의 영화 「벌새」에서 짝사랑하던 언니 김은희에게 배유리가 무표정으로 건넨 말처럼 과거의 내가 오늘의 나에게 말을 건다. "그건 지난 체력이잖아"라고. 제일 좋았던 황금 체력기는 끝이 났고 지난날을 그리워해 봐야 아무 소용없다. 풀업을 여섯 개나 할 수 있었다고, 외복사근이 아주 날렵하게 새겨져 있었다고 억울해할 필요가 없다. 늘 최상의 상태를 유지할 수 있다면 참 좋겠지만 그게 어디 쉬운가. 운동 가기 귀찮다는 생각이, 생리 때문에 저조한 컨디션이, 코로나19처럼 예상하지 못했던 상황이 계속 브레이크를 건다. '예전엔 이만큼 했었는데 지금은 이것밖에 못해'라는 생각이 자꾸 나를 건드린다. 가만 보면 지금의 내가 아쉬울 때 과거의 나를 들춰보는 것 같다. 과거의 나는 그만 돌아보고 지난 과거는 반짝였던 한 순간으로 놓아줘야 한다.

  하찮은 몸이지만 지금 내 체력에 집중하자. 어쩌면 다른 형태의 체력으로 미래가 반짝이게 될지도 모른다. 또 다른 형질의 체력을 얻을 수 있을지도 모른다. 정말 하찮은 체력을 그럭저럭 쓸 만한 체력으로 올리기, 이것이 지금 내 최대의 미션이다.

아리

소

희

그 많던 멍들은
다 어디로 갔을까

이른바 '미친 고구마 줄기 이론'이다

당신 주위에

운동에 미친 고구마가 한 명 있는가?

그 사람을 잡아당겨 보자

8/3(토) 농구

8/4(일) 농구

8/7(수) 농구

8/8(목) 축구

8/9(금) 농구

8/10(토) 배구

8/11(일) 농구

이 놀라운 운동 달력에서 월요일과 화요일이 빈 이유는 비 때문이다. 운동에 미친 사람이 유난히 활개를 치던 어느 일주일에 대한 훈장은 농구 멍, 축구 멍, 배구 멍으로 남았다고 한다.

목요일, 덕성여대에서 태권도 사범들과 숙명여대 축구부 틈에 끼어 축구를 하다가 골키퍼가 쏜 대포 슛을 가랑이로 막아내는 선방을 펼치고 양 가랑이에 데칼코마니 멍이 생겼다. 토요일, 여가여배 배구 수업에서 손목을 모아 위로 공을 올리는 언더핸드서브를 연습하고 양 손목에 멍을 획득했다. 일요일, 서대문구청장배 3:3 농구대회에서 수비를 하다가 제풀에 넘어져 무릎을 찧고 손바닥만 한 보라색 멍을 얻었다.

소희

운동을 시작하면 멍이 죽순처럼 늘어난다. 이번엔 제법 고아한 보랏빛인걸, 이쪽은 어느덧 노래졌구나, 하면서 단풍놀이에 온 듯 제 몸의 멍들을 감상한다. 고백하자면 나는 내 몸의 멍들이 자랑스럽다. 어릴 때부터 붕대와 안대, 반창고를 유난히 좋아했는데 아마도 다치거나 상처가 있는 이를 용감한 사람으로 여겼던 것 같다. 그 이상한 동경이 아직 남아 있는지 샤워하고 보디로션을 바르며 여기저기 멍을 콕콕 찌르면서 뿌듯해하곤 한다. 부항 자국마저 대견하다. 아침부터 회사 동료들에게 옷을 까서 멍과 부항 자국이 있는 어깨를 내보이며 "이것 좀 보실래요? 여기에 페퍼로니 피자가 있다니까요!"라고 자랑한다. 하지만 농담은 여기까지. 딱 멍까지다.

등 번호도 있는 어엿한 농구인으로서 부상이란 말만 들어도 미간에 내 천川 자 주름이 생긴다. 이 크고 굵은 몸에서 고작 검지 하나 삐끗했을 뿐인데 코트 옆에 서서 연습 시합을 바라만 봐야 하는 자의 슬픔은 팥죽보다 진하다. 어차피 뛰지도 못할 걸 거기에 왜 가냐고 묻는다면 그 말이 백 번 맞다. 그러나 세상일이 언제나 이치에 맞게 돌아가는 건 아니듯이, 사람도 섭리에 딱딱 맞춰 살 수는 없는 노릇이다. 찜통더위 속에서 농구에 축구에 배구까지

한다고 설쳐대는 꼴을 보니 딱딱 맞기는커녕 어긋나도 한참 어긋나버렸다. 그런데 내 주위에는 이런 사람이 많다. 이른바 '미친 고구마 줄기 이론'이다. 당신 주위에 운동에 미친 고구마가 한 명 있는가? 그 사람을 잡아당겨 보자. 다른 미친 고구마들이 줄줄이 엮여 나올 것이다. 운동에 미친 사람들은 다 이렇고 그렇게 생겨 먹었다.

　부상자들은 코트 옆에서 구경만 하겠다, 연습 영상만 찍어주겠다고 말한다. 예비 부상자들은 그런 부상자들에게 제발 뛰지 말고 조금만 참으라고 입을 모아 말한다. 그래놓고 막상 자기가 부상을 당하면 "괜찮아, 큰 부상 아니야. 가볍게 뛸 수는 있어!"라고 짐짓 별것 아닌 척한다. 코트에 영혼을 잠식당한 애잔한 사람들 같으니…… 큰 외부 경기가 있을 땐 경기에 참가하지 않는 팀원들도 구경을 온다. 그리고 서로의 부상에 대한 안부를 묻는다. 농구단 안에 부상자 얼음찜질클럽이 있는데 그들이 모여서 하는 일이라고는 주로 "시합하고 싶어!"라는 말을 백 년 동안 주고받는 것이다.

　2년이 지나도록 잊히지 않는 장면이 하나 있다. 농구단에 들어간 지 얼마 안 되었을 때라 뭐가 뭔지 모른 채 시합에 끼워주면 신나게 코트를 누볐다. 그래 봤자 3분 뒤에

소희

헉헉대며 무릎으로 기어 나오는 3분 카레였지만. 그날도 3분 카레는 노란 땀을 흘리며 골대 밑으로 파고들지 못한 채 우왕좌왕하고 있었는데 어디선가 날카로운 비명이 들렸다. 순식간이었다. 골대를 맞고 튕겨 나오는 공을 얻어 내는 리바운드 과정에서 공수가 얽히며 바닥으로 떨어졌던 것이다. 리바운드에서 부상자가 많이 나온다는 건 나중에 알게 되었다. 누군가가 지지대를 가져오고 누군가가 얼음주머니를 만들어 왔다. 체육관 바닥에 누워 발목을 올리고 부기가 가라앉기를 기다리던 시간. 긴 침묵과 괜찮을 테니 너무 걱정 말라는 위로와 다시는 농구를 할 수 없을 것 같다던 말과 나무 바닥으로 뚝뚝 떨어지던 눈물. 그 팀원은 다시 돌아오지 않았다.

지난 목요일 밤이었다. 축구를 하는데 발이 찌릿했지만 그냥 넘어갔다. 몸이 정직하다고들 하지만 재미 앞에서는 종종 거짓말을 하기도 해서, 경기 중에는 통증이 잘 느껴지지 않는다. 다음 날이 돼서야 몸은 통증을 실토한다. 절룩이며 병원에 가니 염좌니까 당분간 운동은 쉬라고 한다.

"내일은 배구를 해야 하고 모레는 농구 시합이 있는데요."

의사는 "안 됩니다"라면서도, '이 인간이 내 말을 귓등으로 듣고 있구나' 싶은 체념이 묻어나는 표정을 지었다. 나 같은 사람이 한둘이 아닐 것이다. 의사에게 우겨서 될 문제도 아니어서 물리치료실로 갔다. 물리치료사가 "또 오셨네요"라며 인사했다. 침대에 누워 천장 무늬를 세다가, 소리를 지르다가, 눈치를 보다가 끝내 입을 열었다.

"저…… 내일은 배구를 하고 모레는 농구를 해도 될까요?"

원하는 점괘가 나올 때까지 점을 보러 다니는 사람 같은 어리석은 질문에 물리치료사는 농구와 배구 중 어떤 게 더 중요하냐고 물었다.

"둘 다 중요해서 고르기가 어려운데요. 왜냐면 둘 다 진짜 중요하거든요."
"배구가 더 중요하면 그걸 하세요. 다만 다음 날 농구

소희

는 할 수 없습니다. 농구가 더 중요하면 배구는 쉬어야 해요. 운동 후 통증이 찾아오더라도 본인에게 중요한 걸 하고 나서 아파야 덜 억울하죠."

현자의 답이었다. 내가 누워 있던 곳은 보광동 물리치료실이 아니라 보광동 솔로몬의 집이 아니었을까?

물론 나는 병원을 나선 그날 저녁 곧바로 망원유수지로 달려가 농구 시합을 했다. 농구와 배구 중 하나를 고르기는커녕 둘 다 해버렸다. 그러고는 월요일에 발을 절뚝거리며 회사에 출근해 근육에 좋다는 아미노산을 입에 털어 넣고 근처 마사지 숍을 검색했다. 그뿐일까. 점심시간이 되자마자 안마의자로 달려가 낮잠을 자다가 내가 내는 코 고는 소리에 화들짝 놀라 깨기도 했다. 이런 나를 솔로몬 선생님도 구원하지는 못할 것 같다.

물리치료가 끝나갈 즈음 보광동의 현자는 또 하나의 큰 질문을 던졌다.

"그런데…… 대체 뭐 하시는 분이세요?"

잠이 오지 않는 밤, 농구단을 떠난 팀원들이 떠오른다. 모두가 부상 때문에 떠난 건 아니지만 "회복해서 곧 돌아올게요"라는 말을 남기고 아직 돌아오지 않은, 혹은 돌아오지 못한 사람들. 부상은 운동의 '베프'라고 농담처럼 말하던 나도 지금은 부상으로 농구를 쉬고 있다.

요즘 나에게는 멍이 없다. 큰 멍, 작은 멍, 파란 멍, 노란 멍……. 아무 멍도 없다. 멍 하나 없는 헛헛한 몸으로 잠이 든다. 옆으로 돌아눕다 어깨를 부여잡고 깨어나는 새벽엔 박완서 선생님이 생각난다.

그 많던 멍들은 다 어디로 갔을까.

아

리

운동하기 딱 싫은 날씨

오늘 밤 기분 좋은 바람이 분다

하현달이 참 아름답다

봄이 오면 좋은 점과 나쁜 점이 하나씩 있다. 좋은 점은 퇴근 후 집으로 걸어가는 길이 반갑다는 점이고, 나쁜 점은 퇴근 후 집으로 걸어가는 길이 유혹적이라는 점이다. 유혹적인 것이 왜 나쁜가 하면 집으로 가는 길과 암장 가는 길이 정반대이기 때문이다. 강습이 없는 날이면 마음 가는 대로 가볍게 걷지만 강습이 있는 화요일과 목요일이면 온갖 잡생각이 든다.

'오늘 바람이 참 좋네. 집까지 기분 좋게 걸어갈 수 있겠군'이라는 생각이 들기 시작하면 망하는 거다. '당인리 길에 라일락 꽃이 꽤 폈을 텐데. 지금 바람이면 벚꽃 비 엄청 날릴 텐데!'처럼 계절에 기대기 딱 좋은 레퍼토리로 시작해 하루 종일 일에 시달렸다, 졸린 것 같다, 우리 집 고양이 모모가 보고 싶다는 핑계도 대본다. 고양이 핑계는 어디에나 통하는 마법의 핑계다. 점점 '암장 가기 싫음, 운동하기 싫음'과의 사투로 이어진다.

"Yesterday you said tomorrow."

나이키 광고 카피가 비수가 되어 심장으로 내리꽂힌다. 어제의 내가 오늘이라고 했지만 어제 말했던 그 오늘이 내일이 될 수도 있다며 발걸음을 돌린다. 윷놀이에서 뒤로 가는 스킬 '백도'가 있듯이 발걸음을 뒤로 옮기면서 어설픈 문워크 걸음을 걸으며 외쳐본다.

"오늘은 백도야!"

발걸음만 돌렸을 뿐인데 온몸이 가볍다. 어깨에 앉아 있던 곰 두 마리가 걸을수록 희미해진다. 한 걸음씩 내딛을수록 피로감이 사라지는 놀라운 경험이다. 오늘의 나는 비록 암장과 반대 방향으로 걸어가지만 다음 주의 나를 응원한다.

다시 강습이 있는 화요일이다. 퇴근 시간은 점점 다가오고 오늘도 날씨가 참 좋다. 어쩐지 피곤하고, 사무실에서 암장까지의 거리가 오늘따라 유난히 멀게 느껴진다. 관장님을 포함해서 클라이밍 중급반 클래스 사람들이 모인 단체 메시지 방이 있다. 메시지 방은 강습에 필요한 스킬 등을 복습하거나 출석 체크를 목적으로 쓰인다. 호기롭게 출석 체크 창을 열고 자연스럽게 참석 취소를 누른다. 두 시간 전에 조정한 거니까 관장님도 이해할 거라며 민망한 기분을 애써 모른 체한다.

아니, 곤란하거든요?

자칭 생활 체육인이라고 하면 운동을 좋아해야 하는 거 아닌가요? 운동 후에 오는 만족감을 잘 알고 있다면서 요? 세상에서 제일 시원한 바람이 운동 마치고 나와서 맞는 바람이라고 트위터에 쓴 게 누구였죠?

지난주의 내가 비웃는 소리가 들린다. 머리를 쥐어뜯는다. 정신과 전문의 정혜신 선생님이 감정은 날씨와 같다고 했다. 날씨처럼 끊임없이 변하는 게 나의 감정이므로 감정 진단을 내려보면 운동 가기 싫은 마음의 실마리가 잡힐지도 모르겠다.

3/31(화) 당인리길 죽단화에 새순이 올라오기 시작했다 (운동 안 감).

4/2(목) 오늘은 걸을래. 걷기도 운동인걸(운동하기 귀찮음).

4/7(화) 라일락 향기가 정말 황홀하네(역시 운동 안 감).

4/9(목) 운동은 다음 주부터 해야지(또 운동하기 귀찮음).

아리

생활 체육인으로서 반듯한 인생이 착착 진행되는 뿌듯함을, 계획대로 실천하는 일상의 기쁨을 마음이 자꾸 외면한다. 올해 상반기 생활 체육인으로서의 생은 이대로 끝나는 것인가. 클라이밍을 하면서 드디어 평생 함께할 수 있겠다고 자부할 만한 종목을 찾았다고 생각했다. 클라이밍이 종교라면 운동의 신도 분명 있을 것이다.

여쭙니다, 운동의 신이시여.

몸과 마음을 다하여 암벽등반을 해오던 지난날들과 점점 멀어지고 있습니다만 의리를 저버린 것은 아니에요. 아닐⋯⋯걸요? 언제든 다시 시작할 수 있다고 믿습니다. 마음 한 곳에 여전히 암벽등반의 방이 자리 잡고 있는걸요.

운동의 신은 이런 나에게 교리 8페이지 24절쯤에 적힌 구절로 이렇게 응답해 줄 것 같다.

"계절을 지혜롭게 기억하라."
"길 위의 것들에게 안부를 전하라."

1년 중에 너무 춥지도 너무 덥지도 않은, 미세먼지가

없고 상쾌한 바람이 부는 날이 얼마나 될까. 기쁜 마음으로 계절을 만날 수 있는 시기는 길지 않다. 봄과 가을의 주기는 차츰 짧아지고 있고 기껏해야 1년에 두 달도 채 안될 것이다.

시간을 호사스럽게 보낼 수 있는 최고의 방법은 계절을 만끽하는 일이라고 배웠다. 눈앞의 라일락 향기가 무척 근사하다. 오늘 밤 기분 좋은 바람이 분다. 하현달이 참 아름답다. 산책하기에 정말 탁월한 날이다. 마음속 시소에 발 하나씩 올린다. 건너편의 나는 암장 가야지 하고, 이편의 나는 계절 속에 있고 싶다 말한다. 시소 위에서 열심히 발을 굴린다.

아무래도 오늘은 운동하기 딱 싫은 날씨다.

아리

소

희

넘어지지 않는
스케이트보드

마치 춤을 추듯

서로의 리듬을 알게 되는 것이다

운동은 몸풀기부터 시작한다. 스케이트보드도 예외는 아니다. 보드를 타면 평소 인식하지 못했던 근육들의 존재를 알게 된다. 다리는 물론이고 기술이 더해질수록 '심장 옆에 근육이 있었어?'라는 걸 알게 된다고, 여가여배의 세 번째 클래스 「넘어지지 않는 스케이트보드」를 진행한 고아림 스케이터는 말한다. 당장 보드 위로 날아들고 싶은 마음은 잠시 접어두고 팔과 다리, 허리와 허벅지, 손목과 발목을 골고루 풀어준다. 준비운동이야말로 많이 할수록 도움이 된다.

스케이트보드를 거꾸로 뒤집으면 겉은 단순하지만 화려한 안감이 받쳐진 멋쟁이 코트처럼 가지각색의 무늬와 색깔이 그려져 있다. 수업은 보드를 뒤집어놓는 것부터 시작한다. 앞(노즈)과 뒤(테일)를 구분하고 각종 명칭을 익힌다. 뒤집은 보드 위에 왼발, 오른발을 차례로 얹어 한 발로 선다. 어느 발로 섰을 때 더 안정적인지 스스로 찾아야 한다. 그 발은 주행(푸시 오프)의 중심이 되고 나머지 발은 추진력을 일으키는 역할을 한다. 중심이 되는 발에 따라 다른 이름이 붙는다. 오른발은 레귤러, 왼발은 구피이다. 왼발 주행 명칭이 더 귀엽지만 나는 아쉽게도 레귤러다.

스케이트보드를 원래대로 뒤집는다. 그리고 바로 올

소희

라타면 좋겠지만 몸보다 앞서는 마음을 꽉 붙들고 구피는 구피끼리 레귤러는 레귤러끼리 짝을 이루어 보드와 친해지는 시간을 가진다. 스케이트보드는 얼핏 쉬워 보여서 그냥 올라탔다가 중심을 잃어 꽈당 넘어지기에 딱 좋다. 많은 사람이 쉽게 보고 쉽게 올라타서 쉽게 꽈당 넘어지고 또 꽈당 나동그라지다가 스케이트보드와 멀어진다.

　　레귤러를 중심으로 설명하자면 앞쪽의 나사 두 개가 보이는 지점을 남기고 오른발로 보드를 밟는다. 이때 오른발은 보드와 직각을 이루거나 비스듬히 놓아야 안정적이다. 왼발도 오른발과 나란히 보드 위에 놓는다. 그 상태에서 짝꿍과 손을 잡는다. 여기서 중요한 건 주행자가 올라서기 전에 짝꿍이 반대편에서 보드 한가운데를 밟듯이 눌러주는 것이다. 그래야 주행자가 올라설 때 흔들리지 않는다. 주행자가 올라타서 중심을 잡으면 짝꿍이 서서히 앞으로 이끌어준다. 올라타는 사람도, 잡아주는 사람도 처음엔 넘어질까 두려워 맞잡은 손을 꽉 쥐기 마련이다. 하지만 뒤로 갈수록 서서히 완급을 조절하게 된다. 마치 춤을 추듯 서로의 리듬을 알게 되는 것이다.

　　서로 마주 보고 한 방향으로 스르르 나아갈 때 불어오는 바람은 부드럽고 시원하다. 필요에 의해서 짝이 되었

지만 상대가 미친 사람이 아니고서야 호감을 느끼기에 아주 좋은 조건이다. 정말 춤과 비슷하다. 물론 스케이트보드는 곧 서로의 손을 놓고 혼자 나아가야 한다.

화창한 날씨처럼 아주 근사하게 입고 온 분과 나란히 서 있다가 짝꿍이 되었다. 수업이 끝난 뒤 트위터에 "여자가 가르치고 여자가 배우지 않았다면 정말 엄두도 못 냈을 거야"라는 후기를 남긴 분이기도 했다. 나는 온 마음을 다해 짝꿍의 손을 잡아주었고 한번은 엄청 크게 넘어질 뻔한 것을 사력을 다해 꽉 잡아 막았다. 내가 짝꿍을 구했고 얼마 지나지 않아 짝꿍이 나를 구했다.

보드 위에 서는 두려움을 극복하고 나면 한 발을 굴러 추진력을 만들고, 다른 발로 주행의 중심을 잡는 연습을 한다. 이때에도 짝꿍은 주행자가 쓰는 발 쪽에 서서 손을 잡아주어야 한다. 스케이트보드는 발을 구른 힘으로 앞으로 나아간다. 앞쪽을 향한 발은 직각 혹은 45도쯤 틀어서 균형을 유지하고 시선은 정면을 향한다. 앞으로 나아가던 힘이 다하면 무릎을 살짝 굽히고 팔을 벌려 균형 잡기에 힘쓰면서 다시 발을 구른다. 몸의 무게중심이 뒤로 가면 안 된다. 앞을 보며 장애물을 확인하고 균형을 잃지 않아야 하기 때문이다. 코와 무릎을 일직선상에 두어야 전

방을 향한 시선이 안정적이다. 거기서 앞으로 나아가지도 뒤로 빠지지도 않아야 균형이 잡힌다.

11월, 아직 겨울은 아니지만 패딩을 입고 돌아다니는 사람들도 있었다. 보드를 타다 보니 점점 열이 나서 하나둘씩 옷을 벗기 시작했다. 균형을 잡고 나아가기 위해 이토록 많은 힘이 필요할 줄은 몰랐다. 허벅지와 허리는 물론 장딴지까지 힘이 들어갔다.

보드를 타고 내리는 법까지 숙지하면 짝꿍과 헤어져야 한다. 자신을 믿되 주의 깊게 발을 굴러 혼자서도 균형을 잘 잡아야 한다. 제법 앞으로 나아가는가 싶더니 내 의지와 상관없이 보드는 왼쪽으로, 오른쪽으로 난리 법석이다. 고아림 스케이터는 "주행하는 발의 발가락에 힘을 주면 왼쪽으로, 뒤꿈치에 힘을 주면 오른쪽으로 간다"라고 설명했다. 스케이트보드는 원래 일직선으로 가기 어려우니 계속해서 스스로 방향을 조정해야 한다는 것이다. 그다음은 자연스럽게 방향 전환 동작인 틱택으로 이어진다. 왼발을 보드 뒤쪽 나사와 테일 끄트머리 가운데 비스듬히 놓고 오른발의 힘을 풀어 보드를 땅에서 띄웠다 재빨리 다시 돌아오는 과정 중에 "틱! 택!" 소리가 나는 데서 유래한 명칭이다.

소희

"뒤에 있는 발에만 힘을 주면 넘어져요. 앞에 있는 발의 힘을 컨트롤해야 해요. 앞쪽의 바퀴벌레를 잡는다는 생각으로 재빨리! 틱! 택!"

우리는 바퀴벌레를 상상하며 힘의 완급 조절에 신경 써야 한다. 보이지 않는 바퀴벌레가 왼쪽에 있다면 발가락에, 오른쪽에 있다면 뒤꿈치에 힘을 주며 방향을 잡아야 한다. 고아림 스케이터가 주행하며 연속 틱택 동작을 선보였을 때 모두 입을 벌리고 박수를 쳤지만 막상 그는 "이렇게까지 할 필요는 없어요. 누군가 이렇게 타고 있다면 신기한 사람인 거죠. 주행하다가 방향을 틀고 싶을 때 자연스럽게 트는 게 멋진 거예요"라고 말했다. 주행 후 고아림 스케이터는 보드 잡는 법을 설명했다.

"바닥에 있는 보드를 집을 때 허리를 굽히면 안 돼요. 멋이 없잖아요. 이렇게 테일을 밟아주면 보드가 벌떡 일어나요. 그때 '자연스럽게' 노즈를 잡고 '무심하게' 가는 거죠."

광고에서 보는 스케이트보드보다 눈앞에서 보는 스케이트보드가 더 멋있고, 보는 스케이트보드보다 타는 스케이트보드가 훨씬 더 재밌다. 스케이트보드의 맛과 멋을 알아버린 그날, 집으로 돌아가는 길에 몇몇 수강생은 곧바로 보드를 사러 갔다.

"스케이트보드를 타면 각도가 있는 모든 곳이 나의 놀이터가 돼요. 별것 없어요. 그냥 가고 싶은 대로 가기 위해 연습하는 거예요."

고아림 스케이터의 말이다. 딱히 멋을 부리지 않는 그의 말에 멋이 흘러넘친다. 진짜가 가진 멋이다. 나는 정말 모르겠다. 자신의 멋짐을 대수롭지 않게 얘기하는 여자에게 반하지 않는 방법을.

소희

아

리

강박적이고
단순한 사람의
자기 보존법

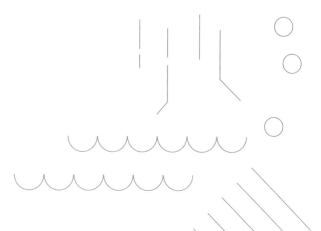

몸에 기록된 착실한 데이터만큼

정직한 건 없다는 것을

내 몸은 안다

'최상의 상태'에 대한 강박이 있다. 눈앞의 상황이 부정적으로 미끄러지는 걸 잘 견디지 못한다. 나에게 최상이 아닌 상태는 빠르게 처리해야 하는 문제적 상황이다. 친구와의 평범한 대화에서도, 일과 운동을 대하는 내 태도에서도 강박의 안테나는 한결같이 작동한다. 인간 관계에서 서로 맞지 않은 부분이 발견될 때마다 조율보다 회피를 택했다. 어렵고 불편한 시간이 찾아오면 '어떻게 매일 좋을 수 있겠어' 하고 머리를 끄덕여보지만, 기포처럼 보글보글 피어오르는 거북한 마음이 튕겨 나온다.

　　마음의 문제라는 걸 안다. 깊이 파고들 것도 없이 '불안하고 불편함에 대한 강박이 심한 편, 겁이 많은 편'이라는 진단이 나오니까. 강박이 강박으로만 작동하는 사람이라면 인생이 매번 곤란하고 시련으로 가득 찰 텐데 막상 그렇지만은 않다. 나는 강박증을 갖고 있는 한편으로 단순한 사람이기 때문이다.

　　영화 「찬실이는 복도 많지」에 '소피'라는 배우가 등장한다. 소피는 심각한 얼굴로 친구 찬실에게 아무래도 연기를 그만둬야겠다고 한탄한다. 왕방울만 한 눈에서 눈물을 똑똑 떨어뜨리며 친구 찬실이를 심란하게 만들지만 다음 날이면 말끔하게 리셋된다. 천진난만하고 단순한 소피를 보며 조금 뜨끔했던 이유는 나를 화면 안에 심어둔 것 같아서였다. 엉엉 울며 심각해하다가 금방 잊어버려 상대 방을 적잖이 당황시키는 사람. 한 가지 생각에 골몰한 상태가 오래가지 못하는 사람. 그래서 천진난만할 수 있는 사람. 이렇게 강박적이고 단순한 사람이다 보니 나 자신을 잘 구슬리는 방법을 터득하게 되었다. 견디기 어려운 순간이 닥치면 일단 회피하지만 그다음으로 선택하는 셀프 처방이 효과가 제법 괜찮다. 바로 '좋아하는 사람의 말과 문장을 수집하기'이다.

체력을 단련하기 위해 꾸준히 운동하는 것처럼 마음의 회복을 위해 모아둔 말과 문장들을 자주 꺼내어 음미한다. 마음의 지표가 된 여자들의 반짝이는 말과 문장을 소개해본다.

"아침 러닝이 싫을 때? 맨날 싫어요."

배우 이시영이 말했다. 뛰어난 운동 능력으로 잘 알려진 배우에게 기대했던 답은 아니었다. 동이 터오는 새벽

무렵에 매일같이 한강을 달리는 생활 체육인이라면 적어도 하기 싫은 날보다 하고 싶은 날이 더 많아야 하는 것 아닌가? 운동을 하기 싫다는 게 말이 되나?

그런데 매번 운동 가기 싫어서 온갖 핑곗거리를 대는 나와 별다를 게 없는 사람이었다. 아침잠의 달콤한 유혹에 시달리고 날씨가 추워서 밖에 나가기 싫은 마음이 가득하더라도 일단 그 마음마저 데리고 나가는 것. 막상 달리고 나면 너무 좋으니까 달리고야 마는 것. 운동하기 전후 몸과 마음의 상태가 데이터로 차곡차곡 쌓이다 보면 비록 싫은 마음이 기본 설정 값이라 해도 현관문을 열고 나갈 수 있다. 몸에 기록된 착실한 데이터만큼 정직한 건 없다는 것을 내 몸은 안다.

"실패가 뭔 줄 아냐? 했다는 것의 증거야. 실패가 쌓이면 그게 경력이야."

일흔한 살에 유튜브 크리에이터가 된 인생 대선배 박막례 할머니의 말을 만나고 머릿속에 종이 울렸다. '너 인마, 정신 차려'라는 메시지를 이렇게 우아하고 현명하게 전해주시다니. 내가 한없이 작아질 때, 쓸모없다는 생각

아리

이 들 때, 턱없이 기대에 미치지 못할 때가 불현듯 찾아올 것이다.

자기비하의 동의어는 자아도취일지 모른다. 자주 열광하고 금방 식어버리는 성향 탓에 나에게 패배자라는 이름표를 달아주며 가엽다고 동정하곤 했다. 꾸준하지 못한 사람, 그래서 매번 실패하는 사람, 성실하지 못한 사람은 성공이라는 타이틀로 묶일 수 없다고 생각했다. 그러나 막례 할머니의 말을 만난 다음부터 나는 더 이상 자기비하를 택하지 않기로 결심했다. 실패라는 경력이 매일매일 쌓이고 있다고 믿기로 했다. 해로운 마음이 들 때면 "염병, 또 경력 하나 생겼구먼" 하고 박막례 할머니처럼 유쾌하게 외칠 거다.

"내가 이것을 하면 기분이 좋아진다는 것을 아는 게 중요한 것 같아요, 무조건 기분 좋아지는 걸 저장해두는 거."

퀴어 아티스트 이반지하가 인터뷰에서 한 말이다. 잘해내야 한다는 부담이 불안으로 넘어갈 때가 있다. 그럴 때에는 나를 증명하는 일의 고단함이 불안과 합체되지 않도록 일시 정지 버튼을 눌러야 한다.

잠시 하던 일을 멈추고 '무조건 기분 좋아지는 것'을 꺼낸다. 오늘의 내가 선택한 건 좋아하는 선배의 신간을 읽는 일이다. 한 시간 넘게 모바일 게임 속으로 도피하고 있던 나는 먼저 게임 앱을 끄고 휴대폰을 내려놓는다. 그리고 덮어두었던 책을 펼친다. 선배가 쓴 반듯하고 다정하고 통찰력 깊은 문장들 덕분에 나는 조금씩 다시 살아나기 시작한다.

내가 나의 기분을 잘 알아챌 수 있어서 다행이다. 좋아하는 선배의 책이 지금 내 눈앞에 있어서 정말 다행이다. 언젠가 또 찾아올 불안에게 지지 않기 위해서 오늘의 기분을 잘 저장해두기로 한다. 그렇게 오늘도 나는, 나를 구원했다.

아리

소

희

어디서 본 건 있어가지고

자기 자신으로 존재하는

여자들을 '보면서'

우리는 새로운 세계를 발견한다

10년 전 도쿄 외곽의 주택가를 걸으며 생각했다. 정교하게 맞아떨어지는 모서리, 강박에 가깝도록 마감이 깔끔하게 처리된 집들을 보고 자란 사람의 미의식은 그렇지 못한 사람과 다를 수밖에 없지 않을까. 그럴듯하게 보이는 것 말고 제대로 만드는 것에 대한 전통과 존중이 있는 곳에서 공기처럼 마시며 배우는 것들 말이다. 일본은 오래된 것에 대한 애정이 각별한 나라다. 그만큼 폐쇄적이라는 평가를 받기도 한다.

　　우리나라는 상대적으로 개방적이고 다이내믹하다. 문화를 수입하고 습득하고 발전시키는 속도가 기가 막힌다. 그래서 그런지 그럴싸한 표면의 뒤편에서 얼기설기하게 대충 넘어간 것들이 종종 발견된다. 어쩌면 이런 기질 덕에 지정학적으로 살아남는 게 신기하다는 땅에서 5천 년이나 역사를 쌓아온 것일지도 모른다.

　　보는 것의 힘, 보이는 것의 힘에 대해 생각한다. 볼수록 세계가 넓어진다. 보일수록 영향력은 커진다. 보이지 않는 무언가는 상상하기 어렵다. 추상화의 거장들이 남긴 놀라운 정밀 묘사처럼 우리는 일단 봄으로써 세계를 인식하고 상상하고 자신의 세계를 구축해간다.

　　여가여배도 그렇게 시작했다. 보기 위해서, 보이기 위

소회

해서. 보지 못해서 상상할 수 없던 세계를 만나고 싶어서. 최근 『우아하고 호쾌한 여자 축구』를 읽었을 때의 충격에 맞먹는 예능 프로그램을 보았다. 바로 SBS「골 때리는 그녀들」이다. 대부분 축구를 해본 적 없는 여자들이 축구팀을 결성해 리그전과 토너먼트를 거치며 눈부시게 성장하는 모습을 보여준다. 내 주변에서 난리가 났다. 공을 사고 축구화를 사고 여자 축구팀을 알아보고 새로 팀을 만들기도 하면서 안달이 났다. 일본의 단정한 주택가처럼, 인식할 새 없이 일상적으로 축구 하는 여자들을 보고 자랐다면 어땠을까.「골 때리는 그녀들」은 분명 여자아이들을 축구장으로 데려갈 것이다. 지금은 당장 갈 수 없더라도 그들 마음에 축구공이 심겼을 것이다. 끼리끼리 모여 근사한 축구팀 이름을 짓고 있을 것이다.

모델들로 구성된 FC 구척장신의 주장 한혜진은 "최근 이렇게까지 큰 성취감을 느낀 적이 있나 싶을 정도다. 너무 행복하니까 비현실적으로 느껴진다"라고 말했다. 코미디언과 외국인, 모델과 배우, 미혼과 기혼, 국가대표(이하 '국대')와 국대의 아내, '○○치고는 예쁘거나 못생기거나 덩치가 작거나 크거나'로 대상화되던 그들이 오직 승리를 위해 미친 듯이 달리고 부딪치고 몸을 던지고 바닥을 구른다. 아이린의 팔다리는 골문을 지키기에 최적의 수비력으로 기능하고, 사오리의 키는 순식간에 튀어 나가는 순발력으로 작용한다. 김민경의 체격은 그만이 쏠 수 있는 대포 슛을 만들어내고, 대적할 상대 없는 실력 앞에 박선영의 나이는 놀림거리가 될 수 없다. 누군가의 아내가 아닌 자신의 이름으로 불리는 FC 국대 패밀리는 어떠한가. 오직 쓸모 있는 몸으로, 자기 자신으로 존재하는 여자들을 '보면서' 우리는 새로운 세계를 발견한다.

축구화를 신는다. 운동장으로 나간다. 더 빠르고 더 강하고 더 끈질긴 사람이 된다. '어디서 본 건 있어가지고'는 이렇게 힘이 세다. 「골 때리는 그녀들」을 보며 회당 다섯 번씩 눈물을 흘리던 나는 급기야 34도 열대야에 족구장에서 패스를 하고 드리블을 한다. 족구장 그물에 대고 대포 슛을 쏜다. 두근거리던 심장은 이제 터져버릴 것만 같다. 아, 이 죽을 것 같은 살아 있음을 사랑한다.

소희

아

리

간 다 운 동

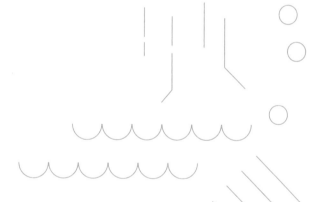

작고 확실한

응원의 마음들을 에너지 삼아

간 다 운 동.

트위터에 운동하러 갈 때마다 기록한 문장이다. 이건 사실 '입 밖으로 꺼낸 말이 부끄러워서라도 할 수밖에 없는 효과'를 노린 꼼수였다. 꼼수는 내 예상을 적중했다. 개인적인 다짐인 동시에 나를 전시하기 위한 기록, 칭찬과 관심이 삶의 큰 원동력인 나에게 트위터는 확실한 동기였다. 혼자 열심히 떠들어대면 내 이야기에 흥미를 느끼는 사람들이 생길 것이었다. 같은 얘기를 반복하다 보면 어느새 이아리는 눈이 오나 비가 오나 운동을 가는 사람으로 각인될 거라고 생각했다.

팔로워들의 반응이 생기기 시작했다. 올리는 트윗에 하트가 하나둘 찍혔다. 하트 수가 늘어날 때마다 힘이 났다. 하트는 "지켜보고 있어요"라는 말로 읽혔고, "응원하고 있다"라는 말로도 읽혔다. "나는 운동을 못하고 있지만 자극받고 있어요. 저도 운동해야 되는데……"라는 댓글을 달아주는 분도 있었다. 작고 확실한 응원의 마음들을 에너지 삼아 운동 가는 마음에 활기를 더했다. 그렇게 응원 열매를 야금야금 받아먹으며 더디지만 꾸준히 3년 넘게 기록을 이어왔다.

운동을 가야겠다는 마음이 동하는 만큼이나 그렇지

아리

않은 날 또한 많았다. 운동하기 싫은 마음이 가득한 날에는 싫은 이유들을 세세하게 적었다.

이게 얼마 만인지, 간 다 운 동. - 2018.12.18.

트위터 할 시간도 없을 만큼 바빴다. 지금 머리에서 연기 남. 그래서 간 다 운 동. - 2019.07.11.

파트너 업체 과실로 스트레스를 받았지만 간 다 운 동.

- 2019.07.18.

바람이 시원. 간 다 운 동. - 2019.07.21.

오늘의 에너지를 다 소진했지만 간 다 운 동. - 2019.08.12.

야근 예정이지만 간 다 운 동. - 2019.09.03.

비도 오고 간 다 운 동. - 2019.09.10.

우울하니까 간 다 운 동. - 2019.12.06.

졸리지만 간 다 운 동. - 2020.01.28.

열흘 만인가, 간 다 운 동. - 2020.03.01.

고민 끝. 간 다 운 동. - 2020.03.10.

이게 얼마 만인지, 간 다 운 동. - 2020.05.12.

컨디션이 안 좋지만 간 다 운 동. - 2020.05.14.

운동복을 깜빡해서 청바지 입고 벽을 타야 하지만 간 다 운 동.

- 2020.05.21.

오늘 강습받는 사람 나밖에 없어서 난항이 그려지지만 간 다 운 동. - 2020.05.26.

잔업이 있지만 간 다 운 동. - 2020.05.28.

생각을 털어내야 한다. 간 다 운 동. - 2020.06.08.

장우산 손잡이로 어깨 마사지하면서 간 다 운 동. - 2020.06.29.

졸리지만 간 다 운 동. - 2020.07.02.

우울하지만 간 다 운 동. - 2020.07.29.

컨디션이 안 좋지만 간 다 운 동. - 2020.08.11.

오늘도 진짜 컨디션 안 좋은데 간 다 운 동. - 2020.08.13.

암장 다시 오픈. 몸이 너무 무거워서 가기 싫지만 간 다 운 동.

- 2020.09.22.

빨리 집에 가고 싶다는 마음으로 간 다 운 동. - 2020.10.07.

근육통에 시달리는 중이지만 간 다 운 동. - 2020.10.21.

어제는 실패. 오늘은 간 다 운 동. - 2020.10.27.

손이 시리다! 간 다 운 동. - 2020.11.03.

체력이 얼마나 떨어졌을지 겁이 나지만 간 다 운 동.

- 2020.11.17.

늦었지만 간 다 운 동. - 2020.11.19.

주말의 끝, 간 다 운 동. - 2020.11.29.

잔업은 내일 이른 아침의 내가 하겠지. 간 다 운 동. - 2020.11.30.

아리

그리고 2021년 2월 14일. 기록은 3년 차로 접어들었다. 이 기록은 조금씩 변형되고, 코로나19로 인해 기록 주기도 느려졌지만 변함은 없다. 일주일 만에 간신히 기록한 오늘은 이렇게 적었다.

무거운 몸 일으켜서 간신히 왔 다 운 동.

소

희

해보자, 해보자,
해보자, 후회하지 말고

한 번 부딪쳐서 안 되면 한 번 더 부딪치고,

나 혼자 안 되면 동료의 힘을 빌리고,

그렇게 이기는 경험을 쌓으며 조금씩 강해진다

「파이트 클럽」을 보았다. 영화는 주인공 잭의 내레이션으로 진행된다. 자동차 대기업에서 일하는 잭은 여러 도시로 출장을 다니다 보니 불면에 시달린다. 잠들지 못하는 고통으로 죽을 것 같던 잭. 그는 어느 날 비행기 안에서 테일러라는 사람을 만난다. 서로에 대한 호의를 확인하자마자 갑자기 테일러는 잭에게 자기를 한 대 치라고 한다. 잭은 홀린 듯 테일러를 주먹으로 치고, 그렇게 파이트 클럽이 탄생한다. 파이트 클럽에는 과제가 있다. 모르는 사람에게 시비를 걸어 몸싸움을 벌인 뒤, 지고 오기. 얼핏 쉬워 보이지만 사람들은 누군가가 싸움을 걸어오면 대부분 자리를 피하기 마련이라 지기는커녕 싸움조차 시도할 수 없다.

우리는 언제부터 싸움을 피하게 된 것일까? 몸이든 마음이든 상처가 생기므로 웬만해선 싸우지 않는 게 좋지만, 싸움 자체를 터부시하느라 우리는 제대로 싸우는 방법을 잊어버린 것 같다.

가끔씩 몸싸움을 하고 싶다는 충동을 느낀다. 순수하게 부딪치고, 때리고 맞는 만큼 즉각적인 타격을 입으며, 내 몸을 감각하는 것. 내 몸에 상처를 입혀서는 안 되지만 그렇게 하고 싶은 욕망. 어쩌면 나는 상처를 주지 않는 선에서 싸우기 위해 팀 스포츠에 몸담고 있는지도 모른다. 개싸움이 되지 않기 위해 최소한의 룰을 정하고 몸싸움으로 이긴 쪽이 상대편 진영에 넘어갈 수 있다는 점에서 스포츠만큼 '싸운다'라는 동사가 잘 어울리는 것은 없다.

보는 사람에 따라 스포츠는 한없이 무용하다. 달걀만 한 공을 조그만 구멍에 넣거나 머리통만 한 공을 골대에 넣는 것은 우리가 살아가는 일과 하등 상관없어 보인다. 그러나 일상에서 금기시하는 싸움을 스포츠를 통해 할 수 있다면? 무서운 속도로 날아오는 공을 끝까지 직시하고, 겹겹이 가로막는 상대편을 밀치고 앞으로 나아가고, 우리편의 패스를 받기 위해 부딪혀오는 어깨를 맞받아치며 우리는 마음껏 싸울 수 있다.

싸우다 보면 1미터쯤 날아가 바닥을 구르기도 하고, 누군가의 팔꿈치에 맞아 눈두덩이가 부어오르기도 한다. 코뼈나 인대가 부러지기도 하고, 통증 때문에 평생 모르던 근육의 이름을 알게 되기도 한다. 그래도 이런 고난은 일상에 만연한 부조리에 싸울 수조차 없을 때의 무기력에 비하면 아무것도 아니다. 한 번 부딪쳐서 안 되면 한 번 더 부딪치고, 나 혼자 안 되면 동료의 힘을 빌리고, 그렇게 이기는 경험을 쌓으며 조금씩 강해진다. 그리고 그것은 다

소희

시 스포츠 무대 밖에서도 싸워야 하는 나에게 힘이 된다.

산다는 게 질 수밖에 없는 싸움 같을 때가 있다. 그때마다 나는 몸에 새긴 승리의 감각들을 떠올릴 것이다. 최선을 다해도 패하고 분루를 쏟을 때가 있겠지만 그조차도 잘 지는 기술로 내 몸에 새겨 다음의 승리를 도모할 것이다. 우리의 존재와 안전을 위협하는 거대한 싸움이 벌어질 때, 이만큼 싸웠으면 됐다고 주저앉고 싶을 때 나는 우리의 영원한 캡틴 김연경 선수의 구호를 외치며 다시 일어날 것이다.

"해보자, 해보자, 해보자, 후회하지 말고."[14]

---

14 2020 도쿄 올림픽에서 김연경 선수가 다른 선수들을 격려하며 외친 구호.

아

리

만보기 경쟁

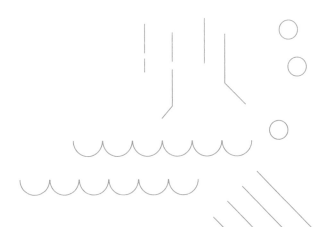

덮고 있던 이불을 박차고 나와

신발 끈을 조여 맸다

한 모바일 금융 플랫폼의 '만보기' 서비스를 알게 되었다. 만 보를 걷는 보상으로 매일 돈을 준단다. 100원. 콩알같이 하찮고 귀여운 돈이지만, 콩알도 열흘만 모으면 1,000원인데? 평일에는 보통 팔천 보 정도 걸어서 귀가하니까 만 보는 어렵지 않게 채울 수 있겠다 싶었다. 이천 보만 더 걸으면 100원이 들어온다는 거지? 이 서비스의 또 다른 포인트는 친구 추가 기능인데 친구의 걸음 수와 합산이 가능했다. 친구와 합심해서 열심히 걸으면 같이 건강도 챙길 수 있고 돈도 받을 수 있다! 서로의 기록을 확인할 수 있어서 동기 부여도 확실했다. 앱을 켜고 강소희에게 친구 신청을 보내며 바로 메시지를 썼다.

휴대폰에 ○○앱 깔려 있지? 친구 신청 받아줘. 그 앱에 만보기 기능이 있는데 만 보 걷기를 달성하면 리워드로 돈 준대. 친구 추가하면 합산도 가능해서 혼자 할 때보다 더 쉽게 돈을 받을 수 있어!

참고로 강소희는 작년에 샤오미 미밴드를 사서 한동안 만 보를 채우던 불타는 이력이 있었다.

경쟁 사회에 찌든 K인, 지금 밖에 나옴.

그에게 메시지를 보낸 게 밤 11시 16분이었는데 11시 36분에 답변이 왔다. 메시지 알림을 확인하는 시간까지 계산해보면 20분도 안 돼서 집 밖으로 나왔다는 얘기다. 누군가를 잘 알고 있다고 확신할 때 늘 오차가 생긴다. 나는 강소희라는 사람에 대해 모르는 부분이 있다고 생각해야 했다. 그가 쉽게 불붙으리라 어느 정도 예상했지만 역시 오차가 있었던 것이다. 활기는 전염되고, 전염 속도는 빠르다. 그리고 강소희는 의지에 불붙는 속도가 엄청나게 빠르다. 내가 섣불렀구나. 그랬구나. 내가 성급했구나. 한 가지 더 간과한 점은 나 역시 쉽게 열광하는 사람이었다는 것이다. 이 야밤에 나왔다는 강소희의 답장에 불이 옮겨붙어 덮고 있던 이불을 박차고 나와 신발 끈을 조여 맸다. 5분 뒤에 받은 메시지에는 흐릿하게 찍힌 밤 풍경이 보였다. 저 멀리 높은 빌딩의 스카이라인이 카메라 렌즈의 눈높이와 같았다. 이 친구 지금 어디까지 갔나…….

경쟁에 이기려다 보니 산 정상.

아리

세상에! 걷다 보니 성미산 정상까지 올라간 것이다. 승부욕이란 뭘까, 어째서 승리에 희열을 느끼는 걸까? 가까운 사람이 나보다 조금 앞에 있다는 사실은 왜 이리 자극되는 걸까? 나는 질 수 없다는 마음으로 경보를 시작했다. 늦은 밤 조용한 골목길을 열심히 질주했다. 하나, 둘! 하나, 둘! 보폭을 좁히고 걸음 수를 최대한 늘렸다.

이아리 님, 지금 1등이에요! 2등과는 204걸음 격차!

친구와의 걸음 수를 비교해서 보여주는 만보기 앱은 총선 개표 방송보다 더 자극적이고 긴장감이 넘친다(왜냐하면 나와 강소희, 오직 2명의 경쟁 구도니까!). 분석 페이지에서는 칼로리를 얼마나 소비했는지, 동년배와 비교한 결과 값도 보여준다.

걸어서 카푸치노 한 잔만큼의 칼로리를 불태웠어요.
오늘 현재까지 걸음 수는 30대 여성 중 상위 26퍼센트입니다.
조금 활동적인 타입.

아닌데? 조금 활동적인 게 아니라 기막히게 활동적

인데?

자신감과 자만감의 경계가 흐릿해질 대로 흐릿해진 나는 팔을 좌우로 크게 흔들면서 속도를 냈다. 구천사백육십칠······ 구천사백팔십구······ 구천오백이 보. 더는 안 되겠다. 오늘은 만 보 채우기 실패다. 자정을 2분 남기고 가쁜 숨을 고르며 천천히 걸음을 늦췄다. 곧 자정이 되었고 차곡차곡 쌓았던 오늘의 기록은 파도가 덮친 모래성처럼 흔적 없이 말끔하게 사라졌다.

"실패가 무슨 뜻인지 아니?"

"다시 한 판 하라는 거예요."

– 『**다독임**』(오은, 난다 2020) 중에서

책 속의 한 문장으로 오늘의 나는 내일의 나에게 파이팅을 넘겼고 강소희 덕분에 밤 11시 36분부터 시작된 사투는 24분 만에 막을 내렸다.

즐거웠다. 이따 또 보자.

이렇게 말하면서도 강소희는 한동안 걸음을 멈추지

아리

않았다. 성미산 정상에서 집까지 내려오는데 시간이 한참 걸렸을 테니, 그는 상당한 격차를 내며 1등으로 귀가했다. 과열된 페어플레이. 이것을 과연 페어플레이 정신이라 할 수 있을지 모르겠다. 확실한 건 승부욕이 불러온 과열된 페어플레이 정신으로 우리는 건강함을 덤으로 얻었다는 것이다.

소

희

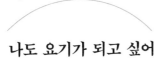

나도 요기가 되고 싶어

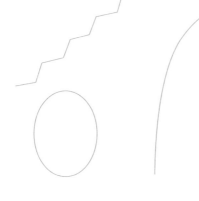

'나는 무엇인가'가 아닌

'어떻게 움직이고 어떻게 멈출 것인가'에 집중한다

처음 요가를 만난 건 20년 전이었다. 새벽 6시부터 밤 12시까지 책상 앞에 붙잡아두던 지옥 같은 고등학교를 졸업하고 혼자 서울에 올라와 내게 주어진 자유를 마음껏 실험하던 때였다. 온갖 사람들과 밤새 술을 마시며 놀았다는 뜻이다. 그렇게 놀기를 1년. 같이 살던 언니와 새벽까지 술을 마시다가 "이건 좀 아닌 것 같아. 아무리 엉망진창으로 살더라도 어느 정도는 몸을 생각해야겠어"라는 데 의견을 모으고 그날 우리는 바로 요가원에 등록했다. 문제는 결의에 찬 나머지 날을 새고 아침에 갔다는 거다. 그때 혜화동에서 만난 요가는 잠과의 사투였다. 잠들지 않으려고 애쓰다가 몸이 경직되어 엄청난 피곤과 함께 집에 돌아왔다.

그렇게 요가원에 첫 기부를 하고 "요가랑 나는 안 맞는 것 같아"라고 단언한 뒤 잊고 살다가 2012년 이태원의 한 체육관에서 다시 만났다. 3개월 등록하면 요가 수업에 공짜로 참여할 수 있다고 했다. 결과적으로 나는 공짜 수업은커녕 체육관 자체를 다닐 수 없게 되었다. 발바닥에 밴드를 끼우고 요리조리 몸을 늘어뜨리는 수업이었는데 똑바로 걸어다니기까지 일주일이 걸렸다. 가볍게 수업을 들었다가 천근만근의 하체를 얻어 돌아오면서 그렇게 나는 요가와 또 멀어졌다.

하지만 요기yogi가 되고 싶었다. 평평한 곳만 있으면 어디서든 요가를 할 수 있다는 게 멋지지 않나. 여행지에서 요기들을 만나곤 했는데 나도 자유로운 수련자의 모습을 하고 싶었다. 코딩의 'ㅋ' 자도 모르면서 그저 노마드 개발자의 라이프스타일이 부러워 다음 생에는 개발자가 되고 싶다고 생각하는 것과 비슷한 맥락이다. 요가라는 운동 자체보다 요기들의 라이프스타일을 닮고 싶었다.

2013년 회사 근처 인도문화원에 또다시 등록했다. 한남동에 위치한 그곳은 들어가는 입구부터 인도 느낌이 물씬 나서 마치 현지로 요가 훈련을 간 기분이었다. 이번에는 분명히 다를 거라는 느낌이 왔다. 그리고 다르지 않았다. 지루하고, 지루했다. 3차 요가 포기 선언이다. 나는 진짜로 요가랑 맞지 않은 것 같다고 생각했다.

때는 바야흐로 2014년, 요가원을 다시 찾게 되는데 이번엔 런던이었다. 런던에서 8개월 남짓 살았는데 초창기에 머물렀던 지역이 해크니Hackney였다. 원래 해크니는 낙후된 지역으로 사람들이 꺼리는 곳이었지만 싼 월세를 찾아 모여든 젊은이들이 특유의 분위기를 만들어내고 이후 도시 개발 계획으로 구역이 재정비되면서 모두가 살고 싶어 하는 동네가 되었다. 우리나라의 젠트리피케이션과 마찬가지로 해크니의 월세는 젊은이들이 감당하기에 너무 많이 올랐다. 내가 해크니에 도착했던 때에는 더 싼 월세를 찾아 동북쪽으로 떠나려는 젊은이들과 여러 이유로 남아 있기 위해 애쓰는 젊은이들이 혼재하던 시기였다.

　나는 잠시 그들 틈에 끼어 해크니에서 살게 되었다. 방학 동안 내게 방을 내주고 간 영국 친구가 요기였다. 그는 건강하고 강인하고 초연해 보였다. 멋을 내지 않는데 멋있었다. 그전까지는 홀치기염색으로 만든 옷과 천을 방 안에 걸어놓는 게 꼴 보기 싫었는데 그 사람을 보고 나서는 나도 홀치기염색 천으로 방 전체를 감아버리고 싶어졌다. 그렇다. 나는 본질보다 외양에 혹하는 사람이었던 것이다.

　다시 요기가 되고 싶다는 강렬한 욕망을 품고 해크니 요가센터에 방문했다. 그 지역 힙스터 혹은 비건 요기 들이 다 모여 있는 곳 같았다. 너무나 마음에 들었다. 나도 그곳의 일원이 되고 싶었다. 그곳에서 요가를 하고, 유기농 가게에서 야채를 사다 볶아 먹으면 나도 요기가 될 수 있을 것만 같았다. 실제로 주말마다 트럭에서 파는 유기농 모둠야채 한 상자를 10파운드에 사다 먹었다.

이후 거주지를 옮기면서 나는 그곳으로 다시 돌아가지 않았다. 건강하고 자연스러운 사람들 사이에서 건강하고 자연스러운 척할 자신이 없었기 때문이다.

이쯤 되면 나의 요가 대모험은 끝나야 하지 않을까. 놀랍게도 2016년에 나는 치앙마이에서 무려 '요기 트립'을 가게 되었다. 나 빼고 모두가 비건이자 요기였던 기묘한 여행은 12인용 봉고차에서 시작했다. 때로 사람은 어이없는 장소에 자신을 데려다 놓고 느닷없는 것을 가지고 되돌아온다. 봉고차를 타고 어디론가 반나절쯤 달리고 툭툭[15]으로 갈아타 또 한참을 달렸다. 자갈이 튀어오르는 비포장도로가 나와서 "여긴가?" 했을 때 웬걸, 배에 타라고 했다. 알고 보니 이 '요기 트립'은 넓은 저수지 한가운데 수상가옥에서 진행되는 프로그램이었다. 전기 사용이 제한되고, 와이파이를 쓸 수 없으며, 몸을 씻는 모든 제품은 자연 분해되는 것만 쓸 수 있다는 안내를 받았다. 샤워실이 있기는 했지만 그곳을 운영하는 사람이 말하기를, 비누를 몸에 바르고 물로 뛰어들면 그만이란다. 그런 곳에서 일주일을 보냈다.

15   동남아시아의 흔한 이동 수단인 삼륜 택시.

소희

다른 요기들은 아침 해가 뜰 때 수련을 시작했다. 나는 아주 가끔 참여하고 대부분의 시간에는 주로 책을 읽거나 수영을 했다. 요기 트립의 전속 요리사가 해주는 비건 음식을 몽땅 먹고 모기에 몽땅 물려가며 잠을 잤다. 함께한 10여 명의 요기들은 운동 마스터들이었다. 브라질에서 온 사람은 무에타이를 가르치는 사람이었고, 영국에서 온 사람은 쿵푸를 하는 사람이었다. 그들은 세계를 돌아다니며 몸으로 배우고 가르치고 있었다. 세상 어딘가에 이런 식으로 사는 사람들이 있다는 걸 알고 있었지만 실제로 만난 건 처음이었다. 그들과 함께한 그곳에서 나는 요가가 삶의 한 방식임을 깨달았다.

완벽하게 고립된 곳에서의 일주일은 강렬했다. 인터넷을 연결할 수 있지만 내가 하지 않는 것과 별수를 다 써도 연결할 수 없는 건 완전히 다른 차원이었다. 처음엔 낯설고 어색했지만 한나절 정도 지나자 더 이상 휴대폰을 들여다보지 않게 되었다. 나와 외부 세계를 잇고 있던 보이지 않는 실들이 툭툭 잘려 나간 느낌이었다. 치앙마이 '요기 트립'의 핵심은 고립에서 오는 자유에 있었다는 생각이 든다.

어제의 요가는 아쉬탕가Ashtanga였다. 요가는 지루하고 잠이 온다는 내 말에 친구가 아쉬탕가를 추천했다. 아쉬탕가는 엄청나게 역동적인 요가였고, 나는 땀에 절인 장아찌가 되었다. 수업 중 잠깐 쉬는 1분이 그렇게 달콤할수가 없었다. 어쩌면 요가란 외부 세계와 연결을 끊고 오로지 동작과 호흡에 집중함으로써 자신과 자신의 시간을 살려내는 것일지도 모른다. 그건 비단 요가에만 해당하지 않는다.

몸을 움직이는 동안 트위터를 잊고 회사 일을 잊고 사랑도 미움도 잊는다. '나는 무엇인가'가 아닌 '어떻게 움직이고 어떻게 멈출 것인가'에 집중한다. 파란 요가 매트 위에서 나는 자유로워지기 위해 자신을 잊어야 한다는 역설을 배우고 있다. 이 기세라면 요기도 머지않았다.

아

리

슬로우 하이킹 클럽

매일 산책하는 친구들의

일상 속 느긋한 풍경에는

보고 싶던 봄이, 친구들이, 개들이 있다

춘분이다. 낮과 밤의 길이가 같아지는, 세상의 모든 연둣빛과 초록을 만나는 계절. 조경이 잘 갖추어져 있는 아파트 단지에는 하얀 매화와 노란 산수유가 천천히 고개를 들기 시작한다. 봄의 싱그러운 인상들을 마주할 때면 '나도 활동을 슬슬 시작해볼까' 하고 뒷발을 쭉 펴고 일어나는 개구리처럼 삶의 의지가 깨어나는 기분이다. 이 시기가 되면 트위터 타임라인에는 구례 화엄사의 웅장하고 화려한 홍매화가, 팝콘처럼 팡팡 터지는 하동 매화꽃 행렬이 등장한다. 불과 몇 년 전까지만 해도 도착하지 않은 봄을 마중 나가는 마음으로 남쪽 지방으로 떠나곤 했다. 제철 음식을 먹을 때만큼 기쁜 일은 제철 풍경을 만나는 일이니까.

봄의 싱싱한 기운을 만나러 당장 떠나고 싶지만 팬데믹이 계속되는 상황에서는 아쉬움만 커져갈 뿐이다. 매번 친구가 운전하는 차의 조수석이나 뒷자리에 앉아 음악을 선곡하던 신세에서 벗어나 이제야 직접 핸들을 잡고 지방 국도를 달릴 수 있는 기동력을 갖추게 되었는데 코로나19로 발이 묶였다. 속이 탄다. 멀리 갈 수 없는 노릇이니 동네에서 계절을 만날 수 있는 방법을 찾아야 한다. 아쉽고 울적한 상황을 한탄만 하고 있기에는 봄은 너무도 짧다.

아리

결코 나를 기다려주지 않는다. 매화, 산수유, 개나리, 영춘화의 일정에 어떻게든 내가 맞춰야 한다. 서울에서 계절을 만날 수 있는 좋은 방법은 숲으로 가는 것이다. 사람들과의 간격을 적당히 유지하면서 시선을 어디에 두어도 계절이 사방으로 펼쳐지는 곳.

서대문자연사박물관 뒤편에는 안산자락길로 이어지는 길이 있다. 이 길을 처음 알게 된 건 안산을 동네 뒷산으로 두고 있는 친구 수란이 덕분이었다. 언젠가 안산자락길을 한번 걷고 나서 "다음에는 꼭 김밥을 싸서 소풍 와야지" 했던 곳.

며칠 전부터 수란이의 인스타그램 계정에 올라오는 산책 풍경이 예사롭지 않았다. 곧 친구들과 반려견들이 찍힌 사진이 한산한 안산 풍경과 함께 인스타그램에 올라왔다. 5인 이상 집합 금지령을 착실하게 지키고 있던 터라 오랫동안 못 본 친구들이 그리웠다. 그들의 반려견들이 정말 보고 싶었다. 마침 일요일 오후 1시에 친구들과 산책이 예정되어 있다는 소식을 듣고 당장 구글 캘린더를 켜서 산책 일정을 추가했다.

수란이의 친구들 대부분은 반려동물과 함께 산다. 고

양이와 함께 사는 친구, 개와 함께 사는 친구, 개와 고양이를 가족으로 둔 친구도 있다. 고양이와 개에 관해 재미있는 말을 들은 적이 있다. 고양이는 정신과 의사, 개는 정형외과 의사로 비유할 수 있다는 것이다. 고양이는 영역 동물로 집에서 반려인과 일상을 보내며 정적인 안정을 주기 때문에 정신과 의사인 반면, 에너지가 넘치는 개는 보호자가 같이 외출해주기를, 보호자가 걷고 뛰기를 유도함으로써 몸을 단련시키기 때문에 정형외과 의사 역할을 해낸다고 했다. 과연, 설득력이 있었다.

　　나는 고양이 두 마리와 살고 있는데 내가 앉거나 누울 때면 무릎이나 배 위로 올라와 제대로 자리 잡고 식빵을 굽다가 잠이 든다. 곁에서 가르릉가르릉 하고 규칙적인 숨소리로 나를 차분하게 만들어주며 잠의 세계로 초대하는 안내자 역할을 한다. 한편 개와 사는 친구들은 어디까지 걸었는지, 걸을 때의 풍경이 어땠는지 매일 다른 산책 기록들을 SNS로 알린다. 그들의 일상은 대체로 활력이 넘치고 날씨와 계절과 잘 어울렸다. 함께 걸으며, 주변 풍경을 읽으며 에너지를 충전하는 일상이 부러웠다.

　　수란이의 안내에 따라 우리는 안산자락길이 아닌 외곽의 인적이 드문 숲길을 걸었다. 장대한 메타세쿼이아와 바람이 만드는 소리는 마치 파도 같았고, 곳곳에서 올라오는 연둣빛 새순은 반질거렸다. 앞서 걷는 택수, 원두, 쁘니(친구들의 반려견들)의 분주한 움직임에 시선을 고정하고 걷다 보니 칠천 보가 금방 채워졌다. 그렇게 우리는 보폭을 맞추며 천천히, 안전하게 걸었다. 두 시간쯤 지나 다시 출발 지점으로 돌아와서 평상에 걸터앉아 사과와 고구마 스틱, 그리고 친구가 직접 만들어온 쫀득한 한라봉 케이크를 먹었다. 서대문자연사박물관 앞에 있는 야쿠르트 카트에서 구입한 딸기우유에 빨대를 꽂고 남은 갈증마저 단숨에 마셨다. 그렇게 다음 주를 기약하며 인사를 나누고 헤어졌다.

매일 산책하는 친구들의 일상 속 느긋한 풍경에는 보고 싶던 봄이, 친구들이, 개들이 있다. 느슨한 일요일 오후의 하이킹. 나는 집으로 돌아와 인스타그램에 사진을 올리고 해시태그를 달았다. #슬로우하이킹클럽. 다음 주엔 남산둘레길을 걸어보면 어떠냐는 수란이의 제안이 채팅창을 울린다. 나는 구글 캘린더를 빠르게 열어 산책 일정을 등록한다.

2부

체력은
태도가 됩니다

근심 대신 근력을 더하는

인생 완급 조절 노하우

소

희

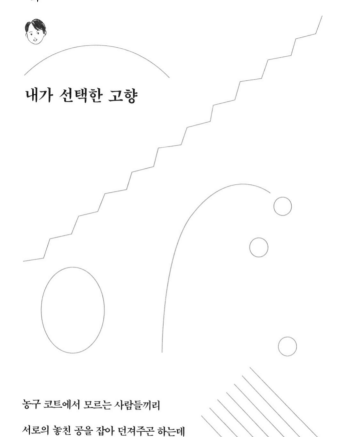

내가 선택한 고향

농구 코트에서 모르는 사람들끼리

서로의 놓친 공을 잡아 던져주곤 하는데

나는 이게 정말 작지만 근사한 연대 같다

나는 성산동에 산다. 합정동, 연남동, 망원동 등 내로라하는 멋진 동네들과 이웃하여 누릴 수 있는 것들이 풍부하고 오래된 거주 지역 특유의 차분함을 간직한 동네. 홍제천을 끼고, 한강과 가까워 활기가 넘쳐흐르는 동네. 마포중앙도서관이 있는 동네. 이 정도면 지덕체를 갖춘 동네라 할 수 있지 않을까. 지금은 성산동 팔불출이지만, 이곳에 이사 오기까지 1년을 고민했다. 나는 지리적인 측면에서 다소 보수적인(다니는 곳만 다닌다는 얘기다) 편이고, 8년 넘게 살던 이태원은 회사와 가까웠기에 성산동 이주는 강소희 평전에 '서쪽으로의 대이동'이라고 기록될 만큼 커다란 결심이 필요한 일이었다.

이태원은 외국인과 레스토랑과 클럽이 많은 곳이라는 인상이 있다. 사실이 아닌 건 아니지만 내가 살았던 이태원은 빈티지 가구를 파는 가게가 많았던 곳으로 서울 시내에서는 드물게 오래된 가게와 건물이 긴 시간 동안 같은 곳을 지켰다. 눈앞에 있는데도 누군가 찍어둔 옛날 사진 같달까. 변하지 않는 거리에서 변하지 않는 입맛으로 원미정과 유진막국수에서 된장찌개를 먹고, 헬카페와 동빙고 스타벅스 2층에서 종종 시간을 보냈다. 오래된 거리의 오래된 사람으로서 만족하며 살고 있었다.

소희

그런 내가 성산동으로 이사 오게 된 결정적인 이유는 두 가지였다.

친구들과 망원유수지 체육공원.

수박 한 통을 사면 나눌 수 있는 친구가 있고, 큰 결심 없이 농구를 하러 갈 수 있는 동네였다. 회사와 멀어지더라도 소중한 것들이 가까이에 있었다. 사람이 쓸 수 있는 에너지는 한정되어 있고, 에너지의 우하향 곡선을 피하지 못한 나에게 결단이 필요했다. 하지만 쉬운 일은 아니어서 1년간 이태원과 성산동을 오가며 고민했다. 친구와 가까이 사는 즐거움을 익히 알면서도 망설이고 있었는데 그 답은 망원유수지가 내려주었다. 나는 망원유수지를 사랑한다. 망원유수지 바로 앞 빌라를 살 집으로 알아보고 나온 그날, 망원유수지 계단에 앉아 그곳에 살고 있는 나를 상상하며 반나절을 보낼 정도였다. 마침내 나는 성미산 아래 동네에 자리 잡게 되었다.

능소화가 흐드러진 한옥의 담장을 돌 때, 자전거를 타고 지나가는 아이들을 볼 때, 늦은 오후 친구네 집에서 점심을 먹을 때, 단골 가게 사장님과 날씨 얘기를 나눌 때, 친구의 고양이들을 봐줄 때 내가 비로소 ○○동이 아닌 '마을'로 이사 왔다는 것을 실감한다. 이웃집 수저가 몇 벌인지 다 아는 숨 막히는 마을 말고, 쾌적한 거리 감각이 유지되어 관계 사이로 시원한 바람이 드나드는 마을에 마침내 당도한 것이다. 이 '마을 의식'에는 망원유수지 체육공원이 큰 지분을 차지한다. 농구 코트에서 모르는 사람들끼리 서로의 놓친 공을 잡아 던져주곤 하는데 나는 이게 정말 작지만 근사한 연대 같다. 같은 장소를 공유하는 타인의 몸에 밴 우호는 소멸 중인 인류애의 불꽃을 되살린다. 특히 코트 위에서 여자들을 만날 때 '오지랖 넓은 마을 사람' 지수가 최고치에 다다른다. 내 마음이 먼저 달려 나가며 외친다.

"우리 이렇게 만난 것도 인연인데 같이 한 게임 할까요?"

내가 태어난 고향에는 저수지가 있고, 내가 선택한 고향에는 유수지가 있다.

소희

아

리

역세권보다 체體세권

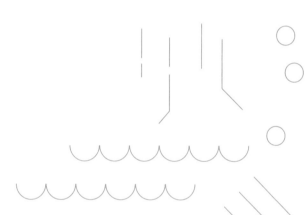

"백만스물둘, 백만스물셋, 백만스물넷……"을

외치는 광고 속 기세 좋은 건전지처럼

멈추는 법을 잊은 것 같다

우리 집은 운동장 뷰다. 베란다 창밖으로 막힌 데 없이 넓게 펼쳐진 운동장을 보고 한눈에 반해서 4년 전 이곳으로 이사 왔다. 이 운동장의 이름은 '망원유수지 체육공원'이다. 물이 놀다 간다는 낭만적인 뜻을 지닌 유수지遊水池는 지대가 낮은 망원동 특성상 강우량이 많은 날에 침수를 막기 위해 빗물을 잠시 담아두는 곳으로 쓰인다.

평소 유수지보다 체육공원으로 쓸모가 많은 이곳은 이른 아침이든 해가 진 무렵이든 언제나 운동하는 사람들로 활기가 넘친다. 체육공원 초입에는 마포구민체육센터가 있고 너른 운동장에는 농구장, 축구장, 풋살장, 족구장, 인라인스케이트장, 달리기 트랙, 게이트볼장 등 남녀노소가 즐길 수 있는 시설들이 조성되어 있다.

주말이면 밥 먹을 때를 제외하곤 소파나 침대에서 와식 생활을 즐기다가 때때로 속이 더부룩하거나 몸이 찌뿌둥하면 운동장으로 나가 가볍게 걷는다. 400미터의 둥근 달리기 트랙을 천천히 걷다 보면 좁은 보폭으로 빠르게 걷는 사람, 본인만의 페이스를 유지하며 달리는 사람, 반려견과 함께 보폭을 맞춰 천천히 걷는 사람들을 만난다.

슬슬 걷다 보면 킥보드로 질주하는 어린이들도 만난다. 요즘 킥보드는 매우 다채롭다. 양 손잡이에 달린 여러

아리

가닥의 술은 바람을 가르는 속도를 자랑하는 것처럼 화려하게 펄럭인다. 번쩍이는 LED 불빛을 발사하며 달리는 어린이들도 있는데 그들의 공통점은 제법 진지하다는 점이다. 한쪽 발을 규칙적으로 구르며 속도를 즐기는 어린이들은 종종 멋진 동작을 구사해낸다. 피거 스케이팅 세계 챔피언 김연아 선수의 스파이럴을 떠올리게 하는 동작을 선보이며 유유히 지나가는 어린이를 볼 때면 시간이 아주 더디게 흐른다. 내가 천천히 트랙을 걷는 동안 홀로 질주하거나 친구들과 승부를 다투며 앞으로 달려 나간다. 그들은 화려한 킥보드를 타고 나를 몇 번씩 제치더라도 도통 지치는 법이 없다. 마치 "백만스물둘, 백만스물셋, 백만스물넷……"을 외치는 광고 속 기세 좋은 건전지처럼 멈추는 법을 잊은 것 같다. 그들만의 작고 화려한 리그 덕분에 지루할 틈이 없다. 천천히 걷고 있는 내 앞으로 쌩쌩 거침없이 달려 나가는 어린이들을 좀 더 지켜보고 싶어서 계획보다 더 오래 걷기도 한다.

체육공원의 가로등은 일몰 시간에 따라 꺼지는 시간대가 조정되는데 보통 밤 10시까지는 환하게 켜져 있다. 가로등 불빛이 꺼지기 전 집으로 돌아가는 길에는 항상 체육공원을 가로지른다. 그날도 여느 때처럼 체육공원을 가로질러 집으로 걸어가고 있었다. 중앙이 가까워질수록 음악 소리가 점점 커졌는데 발원지는 운동장 왼쪽 끝에 있는 작은 단壇이었다. 그 위로 중년 여성으로 보이는 한 사람이 파워풀하게 춤을 추고 있었다. 에어로빅과 비슷한 동작을 음악에 맞춰 추고 있었고, 그 앞으로 10명쯤 됐을까 싶은 사람들이 따라서 춤추고 있었다. 그 풍경이 꽤나 기이하게 느껴졌던 건 동작을 이끄는 이가 구호를 외치거나 다음 동작에 대한 설명 없이 무언의 댄스를 이어가고 있었기 때문이다. 앞에서 따라 추는 사람들을 주시하거나 가르치려는 목적도 딱히 없어 보였다. 모두 팔다리를 쭉쭉 뻗으며 열심히 추고 있지만 서로를 의식하는 것 같지 않았다. 흡사 경쾌한 음악과 함께하는 무언의 007 게임 같은 분위기였다.

침묵의 댄스 열전을 보고 있자니 어떤 장면 하나가 떠올랐다. 평촌에 살던 대학생 시절, 집 근처 공원에는 커다란 분수대가 있었다. 이른 저녁 시간에 그 앞을 지나갈 때면 중년 여성들의 에어로빅 쇼가 벌어졌다. 이때도 맨 앞자리에 선 중년 여성은 묵묵히 관절을 크게 쓰며 비트가 요란한 음악에 맞춰 동작을 이어갔다. 그 뒤로 20명이 넘는 여성들과 어린이들이 열심히 혹은 설렁설렁 따라 하고

아리

있었다. 길을 지나가다 멈춰 서서 느닷없이 따라 추는 사람도 있었고, 멀리서 구경하는 사람도 있었다. 군무라고 하기에는 어딘가 엉성하고 이상한 그 풍경에서 받은 묘한 에너지를, 망원유수지로 그대로 옮겨온 기시감이었다.

체육공원을 집 앞에 두고 살다 보면 프로처럼 운동을 잘하는 사람들도 목격한다. 또 실내체육관에서는 볼 수 없는 장면도 있다. 마포구 환경미화원 공개채용 체력 테스트를 위해 족히 20킬로그램은 돼 보이는 쌀 포대를 업고 달리는 광경 같은 것들 말이다.

이 동네의 가장 큰 장점이라면 운동하는 사람들이 생활 안에 언제나 들어와 있다는 것이다. 그 모습은 조금 웃기고 기이하거나, 화려하고 요란하게 펼쳐지기도 하고, 조금은 경건해 보이기도 한다. 체육공원에 있는 사람들을 보고 있으면 왠지 나도 함께 운동하고 있는 기분이 든다. 운동장의 풍경을 매일 지켜보는 것만으로도 어쩐지 씩씩한 기운이 생기고 에너지가 충전된다.

소

희

나는 걷기가 싫었어요

이토록 시원하게 흔들리는

행복이라니

도시의 아이들이 레고를 쌓고 놀 때 나는 볏단을 쌓으며 놀았다. 요즘은 벼를 거둬들인 뒤 커다란 마시멜로로 만들어 논 한가운데에 두지만, 예전에는 볏짚을 한 아름씩 묶어 쌓아두곤 했다. 볏단에 불을 지르지 않는 이상 아이들이 어떻게 갖고 놀든지 간에 어른들은 간섭하지 않았다.

도시의 아이들이 하굣길에 떡볶이와 슬러시를 먹을 때 우리는 산딸기와 오디가 많이 나는 곳으로 달려갔다. 뽕나무에 코알라처럼 매달려 오디를 따 먹다가 가지가 부러져 떨어지기도 했는데, 시골 아이들이란 대개 어디선가 한 번씩은 떨어지기 마련이라 대수롭지 않은 일이었다. 남해안에 위치한 동네라 집집마다 무화과나무가 있었다. 도시 사람들은 무화과를 돈 주고 사 먹는다는 걸 알았을 때의 충격이란.

TV에서 차 조심 공익광고가 나올 때 시골 아이들이 차보다 더 조심해야 했던 건 뱀이었다. 시골에는 차가 드물었고, 뱀이 많았으니까. 논두렁을 걸어갈 때 몸을 꼿꼿이 세우고 나를 노려보던 물뱀이 정말 그곳에 있었던 건지, 내 공포가 만들어낸 왜곡된 기억인지 모르겠다.

버스는 하루에 여섯 번 들어왔다. 집에서 학교까지의 거리는 약 2킬로미터였다. 아침 7시 버스를 타기에는 너무 이르고 9시 버스를 타기에는 너무 늦어서 아이들은 8시쯤 동네 어귀에 모여 같이 걸어갔다. 논과 마을과 낮은 언덕과 무서운 개와 모기떼와 개구리 사체와 비와 눈 같은 것을 통과하며 학교에 다니는 일이란 쉽지 않았다. 학년이 바뀌어도 10명 남짓한 동급생은 그대로였고, 매해 한둘 전학을 갔고, 남겨진 우리는 서로에 대해 너무 많은 걸 알았다. 패거리가 생겼다 흩어졌다, 친해졌다 멀어졌다를 반복했는데 그 모든 것의 배경에는 딱히 이렇다 할 재미가 없는 시골 특유의 지루함이 있었다. 생생한 자연을 매일 실감하며 걷는 일이 얼마나 멋진지는 서른 이후에나 알게 되지, 초등학교 3학년 남짓의 아이들에게 휴대폰은 커녕 이어폰도 없이 매일 4킬로미터씩 걷는다는 건 몹시 힘든 일이 아닐는지. 그 4킬로미터 안에는 편의점도 카페도 없었다. 아무것도 없었다. 울면서 달려가면 더 미친 듯이 쫓아오는 개나 거위 같은 것만 있었다.

돈 주고 사 먹는 무화과만큼이나 신기했던 건 도시에는 일부러 걷거나 뛰는 사람들이 있다는 사실이었다. 내게 걷기란 교통수단이 없을 때 어쩔 수 없이 하는 것이었고, 뛰기란 주로 벌 받을 때 하는 거였으니까. 그런 내가 언제부터 땅을 밟으며 나무 사이로 걸어 다니는 걸 좋아

소희

하게 되었을까? 좋아하는 감정이 불꽃처럼 터져 나와 언제까지고 기억되는 순간이 있는가 하면 그렇지 않은 것도 있다. 이를테면 콩국수 같은 것들. 위에 올라간 고운 얼음만 보고 빙수인 줄 알고 먹었다가 너무 비려서 난처했던 콩국수를 지금은 시청 근처에서 낯선 사람들과 어깨를 부딪쳐가며 들이마시고 있다. 그렇게 나는 어느덧 콩국수에 잘 익은 김치를 한 점 올려 밀도 높은 기쁨을 느끼며, 신록이 짙어질수록 더 깊은 감탄을 터뜨리고, 크고 동그란 돌을 갖고 싶어 하는 사람이 되어 있었다.

이아리를 따라 슬로우 하이킹 클럽에 동행한 적이 있다. 원래 잘 알던 사이부터 얼굴만 아는 사이까지 친분의 레이어가 다양한 모임이었다. 모임이란 서로를 알아가려는 노력이나 대화, 제스처 같은 게 있어서 설레는 반면, 바로 그 이유 때문에 피로를 동반한다. 그러나 그날의 걷기 모임은 봄과 여름 사이에 한 줌 있는 날씨처럼 더할 나위 없이 쾌적했다. "아아, 좋다"를 연발하며 완만한 산길을 걷다가 함께 온 강아지들을 귀여워하며 해먹에 누워 있다 보니 해가 지는 게 전부였던 날. 죽기 전에 주마등이라는 게 스쳐 지나간다던데 거기에 꼭 포함됐으면 하는 장면이었다.

그나저나 안산 메타세쿼이아 숲 가운데, 너무 높지도 낮지도 않은 산자락에 적당히 숨어 있는 자리에, 누가 해먹을 놓았을까? 내가 그 사람이라면 한번씩 안산에 가서 해먹이 놓인 곳을 내려다볼 것 같다. '이토록 시원하게 흔들리는 행복이라니' 하며 즐거워하는 사람들과 개들의 얼굴을 마음껏 보고 올 것이다.

안산자락길에 흔들리는 행복이 있다면 종로에는 높고 낮은 행복이 있다. 계동에 있는 중앙고등학교에서 성균관대 후문 쪽으로 넘어가는 길의 중간쯤에 원시림 같은 숲 사이로 종로와 동대문 일대가 시야 아래로 펼쳐진다. 봄에는 벚꽃이, 여름에는 신록이, 가을에는 단풍이 가득해 황홀한 숲을 지나 턱 끝까지 숨이 차오를 즈음 성대 후문에 다다른다.

그 길로 접어들면 급한 내리막길이 시작된다. 몸을 약간 뒤로 기울이며 다다닥 걸어 내려가다 보면 시원한 바람이 분다. 오래된 교정의 잘 자란 나무들을 구경하다가 정문에 이르렀을 때 돌담 위로 솟구쳐 오른 은행나무들이 보인다. 지금은 육백이십 살 정도 된 신령한 나무들이다. 그곳을 돌아보고 나오면 왜 우리는 즐거움을 좇아 멀리까지 가는 건지 싶다. 배가 출출할 땐 근처에 H.O.T. 떡볶이

소희

로 유명했던 분식집에 간다. 진한 양념의 쌀떡볶이도 맛있지만, 아는 사람들은 다 아는 어묵 맛집이기도 하다.

느닷없이 찾아오는 무기력한 날에는 안산자락길과 성대 후문길을 생각한다. 그곳에 가면 된다고, 일단 가면 걷게 될 것이고 걷다 보면 그게 무엇이든 나아질 거라고. 그리고 아직 가보지 못한 수많은 길을 떠올린다. 걷기란 언제부터 주목받게 된 운동인지, 어느 세기라도 나이가 들면 좋아지고야 마는 통과의례 같은 기호인지, 21세기의 현대인은 소파에 누워 곰곰이 생각에 잠긴다. 어딘가에는 걷기를 좋아하는 꼬마도 있겠지만요.

.

아

리

산책의 즐거움

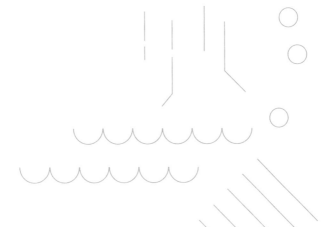

나의 걸음 속도는

계절을 받아들이는 속도가 된다

전자 기기에 흥미가 없다. 고장 날 때까지 악착같이 쓰는 게 나의 태도인데 덤벙거리는 성격이 추가되어 휴대폰을 자주 떨어뜨린다. 휴대폰 액정을 두 번이나 깨뜨려 교체했는데 얼마 못 가 또 깨뜨린 후 '어차피 또 깨질 거야'라고 생각하며 수리를 포기했다(이건 귀찮음의 영역인가). 에어팟이 나왔을 때에도 관심이 없었다. 그런데 에어팟 프로 2세대는 달랐다. 잡음을 차단하고 음악 소리만 전달한다는 노이즈 캔슬링 기능에 솔깃했다. 버스나 지하철을 탈 때 소음 때문에 스트레스 지수가 높았기 때문이다. 그렇게 나는 에어팟 프로 2세대를 마주하게 되었다.

케이스를 열어 양쪽 귀에 에어팟을 꽂고 전원을 눌렀다. 지금 작동되고 있는 건가? 눈알을 이리저리 굴리다가 '노이즈 캔슬링' 상태에서 '노이즈 수용'을 눌렀다. 귀가 움찔했다. 적막한 고요를 단숨에 맞닥뜨렸던 순간이 떠올랐다. 수영을 배우고 처음 잠영했던 순간, 수영장 소음이 한순간에 사라지고 내 호흡만 들리던 그 순간의 경이로움! 신세계가 열렸다.

"야, 이거 난리 난다. 노이즈 캔슬링 덕분에 삶의 질이 엄청 올라갔어."

에어팟 예찬론자가 되어 친구들을 만날 때마다 자랑했고, 강소희도 나의 호들갑에 낚여 에어팟을 샀다. 에어팟을 더욱 예찬하게 된 건 산책을 즐길 수 있는 계절이 오면서부터다.

바야흐로 봄. 나에게 걷기란 계절과 친해지는 일이다. 미팅이나 약속이 있는 경우를 제외하면 출발지에서 목적지까지의 최단 거리는 내게 유익한 정보가 아니다. 지도 앱이 알려주는 길 대신 골목길 사이사이에 더 관심이 간다. 대로변보다 작은 골목길을 선호하고, 일직선으로 쭉 뻗은 익숙한 길보다 새롭고 구불구불한 골목길로 돌아 가는 일이 즐겁다.

산책은 친숙한 것의 낯설음을 고안해낸다. 산책은 디테일들의 변화와 변주를 민감하게 느끼도록 함으로써 시선에 낯섦의 새로움을 가져다 준다.
　－『걷기예찬』(다비드 르 브르통, 김화영 옮김, 현대문학 2002) 중에서

아리

봄기운이 피어나는 3월이 되면 퇴근길이 설렌다. 퇴근 시간이 되면 충전해둔 에어팟을 귀에 꽂고 좋아하는 음악을 재생한다. 노이즈 캔슬링 모드로 바꾼 뒤 양손을 바지 주머니에 넣고 골목길로 향한다. 사무실이 있는 상수동에서 망원동 집까지 3.5킬로미터, 도보 52분, 걷기 딱 좋은 거리이다. 집으로 가는 길에는 '나의 골목'이라고 부르는 곳이 있다.

나의 골목의 시작인 당인리발전소 앞 벚나무 길을 지날 때면 작은 변화를 발견하는 즐거움이 있다. 3월 중순쯤이면 연둣빛 새순들이 올라오기 시작하고 3층 높이의 주택단지 앞에 자리 잡은 벚나무와 목련, 죽단화 덕분에 골목길은 화사해진다. 겹황매화라고 불리기도 하는 죽단화는 4월에서 5월, 본격적인 봄에 만날 수 있는데 내가 본 봄꽃 중 가장 활기차고 명랑하다. 감귤색(컬러 값으로 치면 Magenta 40 Yellow 100)의 올망졸망한 꽃잎들이 빼곡한 죽단화를 보고 있으면 생의 의지가 카랑카랑하게 전해진다.

합정역 사거리 횡단보도를 지나 합정동주민센터 쪽으로 걸어간다. 해가 길어진 덕에 미세먼지 없이 맑은 날이면 선명한 석양빛을 받으며 기분 좋게 걸을 수 있다. 다시 오른쪽으로 꺾어 걷다 보면 가파른 내리막길 계단이 나온다. 계단을 따라 내려가면 성산초등학교가 나오는데 운동장에는 봄의 등불인 목련이 환하게 피어 있고 개나리는 초등학교 담장 밖으로 고개를 삐죽 내민다.

　　마포구로 이사 오기 전, 서촌에 살 때 호사스러웠던 봄의 기억은 인동초를 만났을 때였다. 이 진하고 달콤한 향기는 어디서 나는 거지? 향기에 홀려 두리번거렸고 고개를 돌린 곳에 인동초가 있었다. 작은 잎들이 단독주택 한쪽 벽면을 에워쌌는데 가까이서 보니 덩굴 사이에 노란 꽃들이 별처럼 총총 박혀 있었다. 봄은 노란색으로부터 온다고 믿게 된 꽃, 영춘화 역시 서촌에서 우연히 만났다. 가늘지만 힘찬 줄기를 지닌 노란 꽃이 큰 담벼락을 타고 폭포수처럼 쏟아지고 있었다. 생김새는 꼭 개나리 같은데 어쩐지 박력이 넘쳤다. 당당한 기세가 마치 "내가 봄을 데려왔소이다"라고 말하는 것 같달까. 맞을 영迎, 봄 춘春, 꽃 화花, 봄을 맞이하는 꽃. 영춘화는 의미만으로도 확실한 봄의 정령이다.

　　망원유수지 체육공원을 가로질러 집에 도착하기 삼십 보 전, 산수유 두 그루를 만난다. 조용하고 잔잔하게 존재를 각인시키는 봄의 다정한 얼굴, 작은 폭죽들이 터지

아리

는 듯한 산수유 꽃망울을 보면 웃음이 난다.

"이 집으로 이사 오길 정말 잘했다."

신록이 짙어지는 5월이 되면 자주 말한다. 창밖으로 보이는 이팝나무 행렬이 장관이기 때문이다. 마을버스 9번 종점에 내려서 성산로 방향으로 걸어 들어오다 보면 망원유수지 체육공원을 감싼 이팝나무들이 가로수로 심겨 있다. 이름을 몰랐던 시절 이팝나무의 첫인상은 튀밥을 뿌려놓은 듯했다. 파슬파슬한 꽃들이 나무를 온통 뒤덮고 있는데 마치 함박눈의 여름 버전 같다.

옷차림이 가벼워지는 여름이면 좋아하는 나무를 보러 경복궁에 간다. 먼저 국립현대미술관에 들러 전시를 보다가 피로와 허기가 몰려올 때쯤 서울동 삼청점에 가서 우니도로 한 그릇을 주문한다. 꽃게와 모시조개로 우려낸 국물을 한 입 후루룩 마신다. 감태에 성게 한 덩이를 올려 정성스레 싸 먹는다. 나에게 귀한 식사를 대접한 뒤 든든해진 몸과 마음을 일으켜 경복궁 돌담길을 따라 천천히 걸어 내려간다.

경복궁이 야간 개장하는 시기에는 늦은 시간까지 여

유 있게 둘러볼 수 있다. 인파가 많을 때는 주중의 한낮에 다녀오기도 하지만 역시 여름 산책은 밤이다. 내가 제일 좋아하는 나무는 경복궁 안 영추문과 고궁박물관 사이에 있다. 조용히 홀로 서 있는 배롱나무 한 그루. 한눈에 마음이 빼앗겼던 건 나무의 고고한 결 때문이었다. 매끈한 나무껍질이 마치 교육을 잘 받고 자란 예의 바른 선비 같다. 화려하지 않으면서 아름다운 홍자색을 띠는 꽃은 늦가을까지 피어 있어 바라볼 때마다 느긋해진다.

배롱나무에 눈인사를 전하고 고궁박물관 입구로 나와 효자동으로 뚜벅뚜벅 걸어가다 보면 만날 수 있는 능소화. 업신여길 能凌, 하늘 소霄, 꽃 화花, 하늘을 업신여긴다 하여 지어진 이름이다. 옛날 우리나라에서는 양반집 마당에만 능소화를 심을 수 있었다. 고상한 기품과 초라한 모습을 보이기 전에 꽃이 툭 떨어지는 단호함이 선비의 기개를 닮았기 때문이다. 꽃잎이 한 장씩 떨어지는 게 아닌, 꽃송이 전체가 존재감을 내비치며 떨어진다. 절정의 순간에 과정 없이 생을 다하는 꽃. 짧은 봄에 마음이 쓰이고 지는 꽃들이 안타깝지만 아쉬움은 언제나 사람의 몫인걸.

"오늘 하늘도 정말 예쁘다."

아리

하늘 타령을 즐기는 계절은 가을이다. 서쪽에 사는 덕분에 해가 지는 풍경을, 빨갛게 일렁이는 한강을 보기 위해 한강 망원지구로 나가서 자주 걷는다. 서쪽으로 한 시간 정도 걷다 보면 난지생태습지원이 나온다. 이곳은 서울의 다른 한강공원들보다 자유분방하게 조성되어 있다. 내가 나고 자란 함안군의 무성한 논밭, 작은 하천의 풍경과 닮았다. 자기주장이 강한 풀과 나무 들은 뒤섞여 있고, 제방堤防이 낮거나 아예 없는 구간이 더러 있다. 제주도의 한 민가를 떠올리게 하는 통나무 문을 지나 '뱀 출현 지역 주의'란 표지판을 조심히 건너면 늪지대가 나온다.

이곳의 묘미는 갈대숲에 있다. 강바람에 흔들리는 갈대들을 가만히 보고 있으면 허무와 안도감 같은 감정들이 바람과 함께 밀려온다. 차분하게 하루를 시작하거나 조용하게 하루를 마무리하고 싶을 때 걷기 좋다. 무엇보다 '가을 탄다'고 핑계 대기 좋은 장소이자, 사색의 계절이면 늘 떠오르는 고요한 비밀의 숲이다.

나의 걸음 속도는 계절을 받아들이는 속도가 된다. 계

절의 변화에 시선을 빼앗겨 걷다가 멈춰 서고, 골목길 사이를 거닐고, 이곳저곳을 기웃대느라 발걸음이 점처럼 찍힌다. 산뜻한 연둣빛이 짙은 초록으로 변할 때, 몰랐던 꽃의 이름을 알게 될 때, 이름으로만 알고 있던 나무를 눈으로 직접 확인했을 때 계절과 더 깊이 친해지는 기분이다. 그렇게 계절과 나의 관계가 촘촘히 연결된다.

죽단화를 만나면 조금은 명랑해지고, 능소화 옆을 지나면 의젓한 듯 꼿꼿하게 걷게 된다. 갈대숲을 걸으며 인생의 허무함을 토로하고, 미루나무 옆을 지날 때면 팔을 쭉쭉 뻗으며 오늘 살아갈 만큼의 힘을 얻는다.

밖으로 나와 계절 위를 걷고 풍경을 읽으면, 소란했던 생각과 마음이 잔잔해진다. 뜨거운 물을 붓고 기다리면 천천히 가라앉는 찻잔 속의 찻잎들처럼. 걷고 나면 '기분이 태도가 될 수 있다'는 것에 안심이 된다. 오후 5시 반, 퇴근 시간이 다가온다. 오늘도 에어팟을 꽂고 흐르는 계절에 발맞춰서 걸어야지.

여러분, 저 먼저 퇴근합니다.

아리

소

희

계획하고 실패하고
실망하고 기뻐하며
조금씩 앞으로

물론 예전에도 수없이 넘어졌다

다른 게 있다면 덜 넘어지게 되었다는 것

일기 쓰기와 스트레칭. 새해를 맞이해 두 가지 목표를 세웠다. 1월 하순에 접어들면서 느낀 위기는 아니나 다를까 '매일 한다는 것'의 귀찮음이었다. 매일 무언가를 의식적으로 하기가 결코 쉽지 않다는 것을 안다. 일기장이란 대체로 매년 초 성수기의 해수욕장처럼 북적거리다가 어느새 비수기의 그것처럼 드문드문해지다가 잊힌다. 운동은 각종 명절과 행사와 모임과 휴가와 피로에 밀려 점점 멀어져간다. 그렇게 다시 새해를 맞이한다. 이 도돌이표를 끊어낸 사람도 분명 있을 것이다. 그러나 나는 아니다.

이번 해만큼은 달라지고 싶었다. 전 인류가 바깥 활동을 제한받았던 2020년을 보내며 나의 일상이 좀먹는 걸 무기력하게 지켜봐야 했기 때문이다. 더 이상은 손가락 사이로 흘러가는 모래처럼 시간을 흘려보낼 수 없었다. 그래서 기록하기로 했다. 그게 모래알일지라도, 일일이 들여다보면 뭔가 있을지도 모를 일이었다. 뾰족한 모래, 둥근 모래, 까만 모래, 희미한 모래……

지박령처럼 집 안을 휘적거리며 넷플릭스를 보고 진라면을 먹고 잠드는 일을 반복하다 보니 몸과 마음이 가라앉는 게 실시간으로 느껴지던 1월의 끝자락, 연초의 목표가 곧 좌초될 위기를 코앞에 두고 결심했다.

"5분만 하자."

최강창민의 명언처럼 매일 조금씩 스트레칭을 하기로 했다. 그러면서 알게 되었다.

하루를 의미 없이 보냈더라도 끝을 운동으로 마무리하면 그날은 제법 괜찮은 하루가 된다는 것을.

스스로에게 좀 더 관대한 마음으로 잠들 수 있다는 것을.

그런데 안타깝게도 나쁜 습관에 비해 좋은 습관을 만들기란 보통 어려운 일이 아니다. 공들여 습관 엇비슷한 걸 만들어놓아도 아주 잠깐 한눈을 판 사이에 와르르 무너진다. 그렇게 절망하기를 반복하면 또다시 '생긴 대로 살지, 뭐' 상태가 되어버린다.

이런 나에게도 내키는 대로 살아도 괜찮은 시절이 있었다. 돌이켜보면 그건 지독한 사랑이었다. 사랑은 의지가 아닌 호르몬이 하는 일이라 가능한 게 아니었을까.

회사원이 퇴근 후 운동복으로 갈아입고 가는 데에만 40분 걸리는 코트에서 두 시간 넘게 농구를 하고 집으로 돌아와 운동복을 빨던 시절, 당장 침대에 몸을 날렸다가는 다음 날 아침에 온몸이 240조각으로 나뉘는 고통에 시달린다는 걸 알기에 울고 웃으며 스트레칭을 하던 시절, 나 자신을 북돋지 않아도 모든 게 저절로 잘 되어가던 시절이었다.

내가 무엇을 가졌는지 당시에는 모른다. 청춘이 아닌 사람들은 청춘인 사람들에게 "청춘을 낭비한다"고 질시한다. 젊은이들은 어리둥절해서 "왜들 난리야? 내 젊음을 왜 당신들이 평가해? 당신들이나 똑바로 하지 그랬어"라고 응답한다. 그다지 늙지도 않았지만 그다지 젊지도 않은 나는 현재 일종의 넘어진 상태이다. 물론 예전에도 수없이 넘어졌다. 다른 게 있다면 덜 넘어지게 되었다는 것.

몇 번을 넘어져도 쉽게 일어나던 시절에 비해 이제는 한 번 넘어지면 다시 일어나는 데 오래 걸린다. 옛날 생각을 하며 당장 일어나려고 몸부림치다가는 넘어진 내 등을 삶이라는 트럭이 한 번 더 밟고 지나갈 뿐이다. 넘어진 자리에 한동안 누워 있든지, 갓길에서 한숨 돌려야 한다. 괜찮다고, 좀 쉬었다가 조금씩 해보자고.

그렇게 나는 1월 내내 일기를 써내고 스트레칭을 매일매일 해낸 사람이 되었다. '5분만 하자'는 정말 효과적이다. 일기장 앞에 붙여둔 미니 달력에 동그라미를 채우면서 '하루하루가 중요한 거야. 그럼, 그럼!' 하며 자신을 보듬어준다. 한 팟캐스트에서 은희경 작가가 말했다.

"내가 내 눈치를 제일 많이 봐요."

그래, 내가 내 눈치를 봐야지. 내가 또 눈치 하나는 기가 막히니까. 나 자신에게 가장 좋은 단백질 바와 갖은 야채와 좋은 운동복을 안겨주자. 계획대로 하지 못해도 다 그치지 말고, 잘한 부분에 형광색 밑줄을 그어주자. 그렇게 내가 가고 싶은 곳으로 나를 데려가자.

아

리

어디로든 갈 수 있어

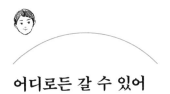

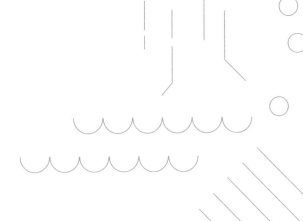

브레이크 페달에서

천천히 발을 뗐다

새로운 프로젝트를 시작하면서 외근 나갈 일이 많아졌다. 서울시 성동구부터 성남시 중원구까지, 위치는 서울뿐 아니라 경기도까지 넓게 퍼져 있다. 그런데 나의 근무지는 마포구. 성남까지 대중교통으로 약 두 시간이 걸린다. 주 1회 이상 이동하는 동안 15인치 노트북과 무거운 짐을 들고 네 시간 넘게 에너지를 쏟기가 버거워졌다. 운전을 해야 한다. 더는 물러설 수 없다.

혹시 운전 연수 강사님 중에 추천할 만한 여성 강사님이 계실까요? 올해 안엔 반드시 베스트 드라이버가 되어야 합니다. 도와주십시오.

트위터와 인스타그램에 글을 올렸다. 몇 시간 뒤 솔미에게 메시지가 왔다. 운전을 똑 부러지게 가르쳐줬던 여성 강사님 연락처를 알려주겠다고. 됐다! 베스트 드라이브의 길은 이제부터 시작이다.

유난히 바쁜 일정들을 처리하느라 저조한 컨디션이 이어지던 중에 운전 연수 첫날이 다가왔다. 미룰까? 약속한 시간이 다가올수록 초조해졌다. 괜히 한다고 했나? 성남까지 시간이 꽤 걸리지만 지하철로 다니면 주의를 환기

할 수도 있을 텐데. 출퇴근 시간대에 미팅이라도 잡혀봐, 교통 체증으로 강변북로가 주차장이 된다던데 내가 감당할 수 있을까? 빠져나갈 궁리로 머리를 굴리다 보니 약속한 시각이 됐다. 심장이 빠르게 뛰었다.

"안녕하세요? 처음 뵙겠습니다."

눈빛이 또렷한 강사님은 연륜이 있어 보였다. 인사를 나눈 후 조수석 문을 열었는데 강사님이 고개를 갸우뚱하며 운전석에 앉으라고 했다. 오늘 처음 만나서 지금 막 인사를 나눴는데 바로 운전대를 잡으라니……. 울고 싶은 마음으로 운전석 문을 열고 자리에 앉았다.

"자, 먼저 손 세정제 바르시고, 운전면허증 확인할게요. 운전은 해보셨나요?"
"9년 전쯤 면허를 따자마자 차 끌고 성북구 안암동과 제주도 곳곳을 다녔어요."
"그럼 금방 배우겠네요? 차량 내부에 대한 설명을 간략히 하고 출발할게요."

그런데 한 가지 생략된 것이 있었다. 어느 점심 무렵이었다. 밥을 맛있게 먹고 주차장에서 차를 뺀 뒤 출구 쪽 주차요원과 주차비 정산을 마쳤다. 그리고 액셀을 밟았다. 요란한 소음과 함께 쿵 소리가 들렸다. 주차비를 정산한 다음 오른쪽으로 핸들을 돌렸어야 했는데 그대로 액셀을 밟은 것이다. 왼쪽으로 쏠려 있던 바퀴 방향 그대로 차가 돌진했다. 그 순간 주차요원의 날카로운 비명과 함께 차가 기둥을 향해 거침없이 나아가는 장면이 눈앞에서 슬로모션으로 펼쳐졌다. 내 차도, 기둥도 처참하게 부서졌다. 트라우마로 남은 그날의 기억이 운전 연수를 받는 첫날 별안간 떠올랐다.

슬쩍 보니 조수석에 앉은 강사님 손에 운전 연수용 브레이크가 쥐어져 있었다. 저 휴대용 브레이크가 내 유일한 동아줄이고, 핸들을 엉망으로 꺾어도 괜찮을 거라고 스스로 주문을 걸었다. 머릿속이 하얘진 채 앞만 보고 달렸더니 두 시간이 후딱 지나갔다. 나는 식은땀 범벅이 되었다.

첫날 강습 구간은 출퇴근길과 동네 대형마트였고, 연수가 계속될수록 반경이 점차 넓어졌다. 암장이 있는 광흥창을 넘어 공덕역 사거리, 종로구 북악스카이웨이, 파주 출판 단지, 고양시 이케아 등 액셀을 밟는 강도가 높아질수록 흐르는 땀도 멈추진 않았지만 묘한 성취감이 생겼다. 매주 다른 퀘스트를 달성하는 기분이었다. 운전 실력은 형편없었지만, 강사님이 하라는 대로 하다 보면 새로운 난이도의 퀘스트는 어느새 끝나 있었다.

"아리 씨, 오늘은 어디로 가보고 싶으세요?"

연수 마지막 날 강사님이 내게 물었다. 가슴이 두근거렸다. 마지막 퀘스트까지 무사히 완료한 뒤 강사님께 인사하고 다시 운전석에 앉았다.

이제 조수석에 아무도 없다. 불안하고 떨렸지만 혼자 달려보고 싶다는 마음을 이길 순 없었다. 시동 버튼을 누르고 브레이크 페달에서 천천히 발을 뗐다.

눈앞에 펼쳐진 번잡하고 시끄러운 도시의 풍경과 나에게만 허용된 작고 독립적인 공간. 그 안에 내가 있다. 스피커로 흘러나오는 음악에 어깨를 들썩이며 노래를 마음껏 따라 불렀다. 요란한 풍경이 창밖을 스쳐 지나가고 더

아리

없이 안전한 곳에 나만을 위한 짜릿한 시간이 주어졌다. 집으로 돌아와 플레이리스트를 만들고 '혼자 자동차 노래방'의 앞 글자를 따서 '혼자노'라고 이름을 붙였다. TV를 가장 사랑했던 어린이 아리가 좋아한 8090 댄스 메들리와 밀레니얼 시대에 길거리를 빼곡히 장식했던 빠른 비트의 노래들로 채웠다.

자유라는 색다른 경험은 "가볍게 다녀올까"의 반경을 넓혀주었다. 친구가 사는 용산구 한남동으로, 서대문구 연희동으로, 어머니가 계시는 충남 공주로 평소 엄두도 내지 못했던 곳에 운전해서 간다. 새로운 풍경을 눈에 담는다. 기동력이 생겼다는 건 보고 싶은 사람들을 바로 만나러 갈 수 있다는 의미고, 서울 소재지가 아닌 미술관으로 전시를 보러 갈 수 있다는 의미다.

나의 작고 튼튼한 잿빛 차는 나를 더 멀리, 더 많은 곳으로 데려다줄 것이다. 궁금한 것을 궁금한 채로 내버려두지 않고 직접 눈으로 확인하기 위해 오늘도 핸들을 잡는다. 한강 위로 붉게 떨어지는 해를 보며 감탄하고 눈부신 윤슬에 감동한다. 좋아하는 노래를 목청 좋게 따라 부르며 내 세상의 반경을 계속해서 넓힐 것이다.

내가 가고 싶은 대로, 어디로든 간다.

소

희

아빠의 일면들

지팡이를 짚고 한 걸음 한 걸음

후들후들 앞으로 나아가고 있었다

지난해 가을에 아빠가 돌아가셨다. 암이었는데 사실 그해 여름까지도 아빠가 암 환자라는 것을 까맣게 잊고 있었다. 10년 전 췌장암과 5년 전 위암으로 두 번의 암 수술을 받은 그는 내가 상상하던 암 환자와 많이 달랐다. 매일 아침 6시에 백구와 산책을 가고, 작은 텃밭에 각종 채소를 일구고, 화려한 등산복을 입고 친구들과 모든 계절을 즐기러 다니고, 댄스 스포츠 대회에 나가고, 한자능력 검정시험 1급을 보고, 휴대폰 바탕화면에 중국어 표현을 설정해 공부하고, 그걸 여행 가서 꼭 써먹고 돌아와 자랑하는, 암 환자보다는 황금 노후를 즐기는 촌부 쪽에 더 가까웠다. 무엇보다 명절 때 보면 당신의 자식들보다 훨씬 더 잘 드셨다. "아빠, 위가 없는데 그렇게 드셔도 괜찮아?"라고 물어볼 정도였다. 그런 아빠가 식사를 하지 못하고 배에 복수가 차오르는 주기가 짧아지면서 부쩍 말라가기 시작했다는 소식을 들었을 때 나는 눈물을 흘리면서도 어안이 벙벙했다.

　　아빠가? 우리 아빠가?

　　그날 지하철을 기다리는데 바닥이 흔들렸다. 아빠 없는 세상을 상상할 수 없는 건 아니었다. 기숙사에 들어갔던 열여섯 살 이후로 나는 주로 아빠 없는 세상에 살았으

소희

니까. 하지만 단단한 바닥이 무너질 수도 있다는 걸 처음 안 사람처럼 그날은 모든 게 무서웠다. 당장 해남으로 가겠다고 했지만 부모님은 반대했다. 아빠는 죽어가는 와중에도 코로나19를 더 무서워하는 것 같다는 게 엄마의 전언이었다. 그렇다고 언니와 내가 두 손 놓고 있을 수도 없는 노릇이었다.

우리는 엄마, 아빠의 두륜산 산책에 난입하는 작전을 세웠다. 평상시 주고받는 문자인 척 어디쯤인지 알아내 대흥사 주차장에서 대기하다가 두 분이 100미터 밖에서 모습을 드러냈을 때 전화를 했다.

"언니랑 나랑 주차장에 있어. 너무 놀라지는 마. 우리도 어쩔 수 없었어. 멀리서라도 보려고 온 거야. 50미터 뒤에서 걸을 테니 걱정하지 마."

혼날 거라고 예상했는데 두 분은 의외로 통쾌하게 야외니까 괜찮다면서 가까이 오라고 했다. 아빠가 앞장서고 그 뒤로 엄마, 언니, 나 순서로 산책을 시작했다. 아빠는 산책 루틴이 엄격한 사람이었다. 비가 오나 눈이 오나 정해진 산책을 꼭 했다. 그런데 엄마가 갑자기 속삭였다.

"아빠 재촉하면 안 돼."

재촉할 생각도 없었지만 1분도 채 지나지 않아 엄마가 왜 그렇게 말했는지 밝혀졌다. 아빠는 지팡이를 짚고 한 걸음 한 걸음 후들후들 앞으로 나아가고 있었다. 통 넓은 바지 속 아빠 다리는 내 팔뚝 정도밖에 되지 않는 것 같았다. 눈빛은 선명했지만 걸음이 말도 안 되게 느렸다. 나였다면 짜증이 나서 걷기 싫을 것 같은데 아빠는 몸소 차를 몰아 두륜산까지 와 개미보다 느린 산책을 하고 있었다.

죽는 순간까지 자신의 죽음을 믿기란 어려운지 아빠는 돌아가시기 2주 전에야 호스피스 병동으로 들어갔다. 병동에서 그 얇은 다리로 휠체어 없이 산책을 하겠다고 우겼다. 본인은 괜찮다고 생각해도 몸이 따라주지 못한다고, 그러다 낙상하면 큰일 난다고 간호사들이 달려와서 막았다. 그때 아빠는 낙심했고 간호사들이 없을 때 기어코 언니와 나에게 부축을 부탁해 두 발로 섰다. 창문 난간에 두 손을 짚고 기대어 잠시 바깥을 구경한 뒤 포기한 듯 휠체어에 앉아서 혼잣말처럼 말씀하셨다.

소희

"이상한 일이다. 내가 이곳에 두 발로 걸어 들어왔는데 이렇게 되었다는 게…… . 정말 이상한 일이다."

아빠는 살면서 내게 딱 두 가지를 가르쳤다.

천자문과 바이크.

네 살 때 천자문을 외우게 했고, 열세 살 때 바이크 타는 법을 알려줬다. 그게 전부다. 나머지는 내가 아빠를 보면서 스스로 배웠다. 좌중을 웃길 때 '잠시 멈춤'이 얼마나 중요한지, 김치찌개를 끓일 때 쌀뜨물이 얼마나 큰 차이를 만드는지, 오로지 자신의 즐거움만 좇는 사람이 얼마나 자유롭고 이기적인지, 그게 옆에 있는 사람을 얼마나 외롭게 하는지.

아빠의 일면들을 하나씩 공에 적어 네모난 상자에 넣고 로또처럼 뽑기 시작한다. 뽑히는 순서대로 그의 일면을 닮을 수 있다면, 가장 먼저 고르고 싶은 공은 끝까지 산책을 포기하지 않았던 아빠다. 그다음 고르고 싶은 공은 유머러스한 아빠다. 그다음 공은 모두에게 친절했던 아빠다. 끝까지 절대 뽑고 싶지 않은 공은 곁에 있던 사람을 외롭게 했던 아빠다.

　　아빠가 아들을 하나 더 보고 싶어서 낳은 게 나라고 들었다. 당신이 돌아가시기 이틀 전쯤 "아빠는 아들을 낳고 싶어 했지만 지금 보니 내가 훨씬 낫지 않아?"라고 물었다. 목소리를 내지 못하는 아빠는 가만히 고개를 끄덕였다. 고개를 좌우로 흔들 힘이 없어서라고 생각할 수도 있지만, 아니다. 아빠가 떠나기 전날 머리맡에서 책을 읽어주던 내가 "더 읽어줄까?"라고 물었을 때 산소호흡기를 끼고도 고개를 좌우로 분명하게 저은 당신이기 때문이다.

소희

아

리

뜻밖의 살사댄스

몸의 언어는

느낌의 언어이기도 하다

동료들과 점심을 먹고 근처 카페에 들렀다. 추운 날씨였지만 카페는 햇살을 가득 품고 있어서 포근했다. 은엽 아카시아가 막 샛노란 꽃잎을 터뜨리고 있는 풍경이 따뜻해서 차가운 플랫화이트를 주문했다. 아주 크고 낮은 테이블에 우리는 마주 앉았다.

대화를 도란도란 나누다가 운동 이야기가 나왔다. 리엥은 오래전부터 PT를 받고 있었다. 몸도 마음도 건강해서 곁에 있으면 좋은 에너지를 나눠주는 사람이라 그의 운동 근황이 궁금하던 차였다. 코로나19 때문에 어떻게 운동하고 있는지 물었다. 그는 "입춘이 지났지만 눈이 연이어 내린 탓에, 팬데믹이라는 거대한 벽 앞에, 체력이 속수무책으로 바닥나고 있다"고 답했다.

코로나19만 끝나면 하고 싶은 것들로 주제를 이어갔다. 그 끝에 춤이 있었다. 나는 춤을 배워보고 싶다고, 오래전 가요를 따라 부르면서 파워풀한 방송 댄스를 추고 싶다고 말했다. 발재간이 좋고 박자감도 제법 괜찮아서 탭 댄스를 배우면 잘 따라 할 수 있을 것도 같았다. 그런데 춤추고 싶은 마음보다 더 크게 자리 잡고 있는 건 쑥스러운 마음이었다. 거울 속에 비친 춤추는 내 모습을 볼 자신이 없어서 아직 배우지 못하고 있다고 말했다.

아리

가만히 듣고 있던 리엥이 말을 건넸다.

"제가 혹시 살사댄스를 배우고 있다고 얘기했던가요?"

뜻밖이었다. 내가 알고 있는 리엥은 찬찬하고 감정의 파동이 고요한 사람이다. 객석 6열쯤에서 춤추는 사람을 가만히 지켜보며 따뜻한 눈빛으로 찬사를 보내는 광경이 더 잘 어울린다고 생각했다. 격렬한 리듬에 몸을 맡기고 정열적인 살사댄스를 추는 리엥의 모습을 상상하는 건 굉장히 낯설었다. 살사댄스를 추고 있었다니, 세상에.

살사댄스를 배우고 나서 춤의 고향인 쿠바가 궁금해 약 4년 전 짐을 싸 여행을 다녀왔다고 했다. 쿠바 사람들은 음악이 있는 모든 곳에서 춤을 춘다고 했다. 쿠바의 작은 골목길에서 살사댄스를 추고 있을 리엥을 상상했다. 잘 떠오르진 않지만 입가에 옅은 미소가 떠나지 않았을 것 같다. 어깨를 자주 들썩일 테고 바쁘게 움직이는 발끝에 경쾌함이 따라붙을 것이다.

살사의 사전적 정의는 '쿠바의 리듬에 로큰롤, 솔, 재즈 따위를 혼합한 활기 넘치는 라틴 음악'이다. 매운 살사

소스에서 따온 이름처럼 작열하는 태양을 온몸으로 흡수하고 발산하는 춤. 춤에 대해 이야기하지 않았다면 끝끝내 알지 못했을 두 세계인, 리엥과 살사댄스가 만났다.

"여행을 가면 그 나라 언어를 익히잖아요. 그런데 춤을 배웠더니 몸의 언어가 하나 더 생겨서 참 좋더라고요."

몸의 언어는 느낌의 언어이기도 하다. 말이 아닌 몸으로 말하기는 그만큼 느낌과 뉘앙스가 중요하다. 상대방과 교감하기 위해 감각을 매 순간 예민하게 곤두세워야 하며 타이밍을 잘 파악해야 한다. 같은 리듬 안에서 춤추고 있는 사람이 다음 동작을 어떻게 이어가는지, 지금의 속도를 유지해도 되는지, 더 빨라야 하는지 등은 몸으로 익히기 전까지 알 도리가 없다. 다른 언어를 몸으로 세세하게 체득하는 경험의 매개가 춤이라면 꽤 낭만적일 것 같다. 다른 나라에 대한 설렘이 나와 손을 잡고 리듬을 맞추는 사람들의 환대로 한결 느긋해지지 않을까.

사람을 안다는 것은 참 흥미로운 일이다. 잘 안다고 생각했던 사람에게서 의외성을 발견할 때 그 사람이 더 궁금해진다. 내가 아는 당신이라는 세계는 훨씬 더 광활

하고 깊을 것이며 다채로울 것이다. 가본 적 없는 쿠바를 떠올리며 카밀라 카베요Camila Cabello의 하바나Havana를 틀었다.

"하바나 우 나-나."

비행기를 타고 여름 나라에 도착한 뒤 공항 문이 열리면 훅 밀려오는 열기가 느껴진다. 멜로디를 흥얼거리며 하바나의 해변에서 살사댄스를 추는 나를 잠깐 상상해본다. 이내 피식하고 웃음이 터졌지만 그럴듯한 풍경 안에 어설퍼하고 즐거워하는 내가 서 있다.

아리

소

희

운동의 목적

그래, 이 맛이야!

이것이 사는 맛이지!

"시장이 반찬이다."

어릴 땐 시장이 시장market인 줄 알았지, 배고프다는 뜻의 시장인 줄은 몰랐다.

나에게 점심이란 오후에 일할 열량만 딱 채우는 정도의 식사다. 회사의 방침상 점심시간인 두 시간 동안 멀리 미식 여행을 떠나는 사람도 있고, 매일 다른 메뉴를 섭렵하며 가로수길 미식 지도를 채우는 사람도 있다.

점심시간이 되면 나는 연어처럼 엘리베이터를 타고 거슬러 올라가 10층 안마의자에 눕는다. 밥을 먹고 자면 속이 더부룩해지기 때문에 먹기 전에 오수를 취하는 게 좋다. 게다가 식사 후에는 안마의자 경쟁률이 치솟아 자칫 대기해야 한다. 한 시간쯤 낮잠을 자고, 점심을 먹으러 나간다. 너무 배부르면 졸리고, 너무 간소하면 오후 4시 반쯤 여지없이 허기가 지기 때문에 나의 점심 메뉴는 큰 변화 없이 반복되는 편이다. "너무 맛있어!"를 연발하는 일은 거의 없다. 먹어야 하니까 먹을 뿐, 요즘엔 입맛도 없다.

이렇게 입맛도 살맛도 그저 그럴 때, 마침 기가 막히게 맛있는 음식을 찾아냈다. 바로 운동 후에 먹는 것들이다. 땀을 뻘뻘 흘리고 난 뒤에 마시는 맥주는 왜 이집트인

소희

들이 월급으로 맥주를 받았는지 짐작케 한다. 같이 땀 흘린 친구와 잔을 부딪치고 맥주를 꿀꺽꿀꺽 마시고 나면 분연히 일어서서 외치고 싶다.

"그래, 이 맛이야! 이것이 사는 맛이지!"

시원한 에일로 식도를 식힌 뒤, 붉고 아름다운 꼬막소면을 한입 가득 넣고 우물거리자면, 혀끝부터 장 끝까지 잘 살고 있다는 기분이 차오른다.

"신이시여 꼬막을 만들어주셔서 감사합니다."
"오이와 고추를 키워주신 농부님들 감사합니다."
"소면을 많이 넣어준 사장님 감사합니다."

딱 한 잔만 마시기로 했지만 꼬막 소면이 도착하기도 전에 이미 반쯤 비운 맥주와 꼬막 소면을 먹는 속도가 딱 맞아떨어질 리 없다. 정말, 진짜, 어쩔 수 없이, 한 잔 더 시킨다. 그렇게 한 잔 비우고 친구와 나는 딱 한 잔만 더 시켜서 나눠 마시기로 한다. 그다음 잔도, 다음 잔도…….
꼬막 소면은 이미 바닥이 났다. 괜찮아, 우리에게는

미나리 전이 있다! 가볍고 산뜻하고 고소한 미나리 전에
는 라거를 마셔줘야 한다. 그렇게 다시 시작하는 마음으
로 마시다 보면 자연의 이치로 국물이 당긴다. 이번에는
어묵탕이다. 우리는 국물의 민족이니까. 시장이 반찬인
때는 끝났다. 이제 최고의 반찬은 운동이다.

　　운동의 목적이 체중 감량이라면 집으로 돌아가는 길
이 조금 후회스러울 수도 있다. 그러나 운동의 목적이 사
는 맛이라면 오케이다. 있는 힘껏 움직이고 마음껏 먹고
미친 듯이 웃을 수 있다면 만사 오케이고말고.

소희

여름의 맛

여름의 뜨거운 볕을 한가득 담아낸

찬란한 색감의 과일들은 나를 들뜨게 한다

맛있는 걸 좋아한다. 그날의 상황에 맞는 메뉴를 고심해 결정했을 때, 바깥의 온도와 습도, 몸의 컨디션에 딱 맞는 음식이었을 때, 그것이 최상의 선택이었다는 것을 확인하는 순간 "바로 이것을 먹기 위해 오늘이 있었던 거야!" 하는 희열감을 좋아한다. 점심시간이 가까워지면 어떤 메뉴를 먹을지 항상 깊은 고민에 빠지는데 나의 제안은 동료들에게 8할 이상의 성공률을 보장하므로 스스로에게도 동료들에게도 나는 맛의 전도사다.

여름이 즐거운 이유 중 하나는 제철 과일이다. 초록과 검정 물결이 쩍 갈라지는 동시에 새빨간 속이 드러나는 수박. 좁은 굴곡들을 따라 깎고 속의 씨를 파낸 다음 얇게 썰어 쟁반 위에 계단처럼 어슷하게 펼쳐 포크로 하나씩 집어 먹는 새하얀 참외. 까슬까슬한 털을 매끈하게 씻어 내고 얇은 껍질을 깎으면 순식간에 짙은 향기로 주변을 사로잡는 분홍 복숭아. 이밖에도 새콤달콤한 자두, 알알이 명랑한 초당 옥수수…… 여름의 뜨거운 볕을 한가득 담아낸 찬란한 색감의 과일들은 나를 들뜨게 한다. 어릴 적에 하찮은 꿈이 하나 있었다. 과일로 배부르게 한 끼를 먹는 것, 정확히 말해 복숭아만으로 끼니를 완벽하게 해결하고 싶었다. 그 이유는 조금 엉뚱하다. 어린 내가 가끔씩

아리

아플 때면 엄마는 출근하면서 말했다.

"아리야, 엄마가 퇴근할 때 복숭아 통조림 꼭 사 올게."

아픈 건 싫지만 엄마가 퇴근길에 사 오는 복숭아 통조림이 너무 좋았다. 복숭아 통조림을 먹을 수만 있다면 이 아픔도 거뜬히 이겨낼 수 있을 것 같았다. 꾹 참고 기다릴 수 있었다. 아픈 나날이 차곡차곡 쌓이면서 '나는 꼭 복숭아 통조림을 먹을 것이다, 다 낫고 나면 통조림 말고 진짜 복숭아를 언제든 먹게 될 것이다'라는 생각이 무의식의 깊은 방 안에 성실히 기록되고 있었던 것이다. 그래서 나에게는 '복숭아 조건'이라는 게 있다.

1. '맛있는' 복숭아가 냉장고 안에 늘 있다.
2. 냉장고 안에 맛있는 복숭아가 가득한 '경제력'이 있는 어른이 된다.
3. 복숭아를 자주 먹을 수 있는 '부지런함'과 복숭아를 많이 먹을 수 있는 '여유'를 갖춘다.

클라이밍 강습을 받는 날이면 출근 전에 도시락을 간

단히 챙긴다. 운동할 때 끌어 쓸 최소한의 에너지를 몸에 축적해두기 위해서이다. 지극히 기능적인 측면이다. 그래서 운동하기 전에 샐러드와 과일, 고구마 같은 것들을 먹는다. 그리고 운동이 끝난 다음 집으로 돌아가서 본격적인 보상의 시간을 가진다.

나만의 작은 의식, 이름하야 과일 하모니 타임. 몇 년 전 트위터에서 알게 된 이후로 매년 주문하고 있는 '냠냠복숭아'는 시기별로 품종이 다르게 배송되는데 무른 상태와 온도에 따라 맛과 향이 다르다. 이 향긋한 복숭아와 함께 여름의 축복인 온갖 과일들을 종류별로 잘라 배불리 먹는 호사를 누린다. 복숭아 통조림을 기다리며 아파하던 날은 지나갔고 복숭아만으로 끼니를 완벽하게 해결할 수 있는 지금 이 시간만이 눈앞에 있다. 냉장고 안에는 맛있는 복숭아가 있고, 냉장고 밖에는 여유를 누리는 건강한 몸뚱이가 있다. 나는 어른이 되었다.

여름 과일로 운동 후 확실한 보상이 자리 잡았다면 내게는 맛과 멋을 책임지고 있는 든든한 친구들이 알려주는 레시피가 있다. 자두가 올리브와 페타 치즈와 루콜라와 만나면 맛의 폭죽이 터진다는 걸 바bar 바르셀로나의 '여

아리

름 샐러드'로 처음 알았고, 참외가 자몽과 딜과 고트 치즈
를 만나면 환상의 맛을 낸다는 걸 카페 퍼스[16]의 7월 메뉴
'썸머 프룻 플레이트'로 알게 되었다. 멋진 친구들 덕분에
우리 집 과일 하모니 타임은 맛의 확장으로 이어진다.

오늘은 베이비 루콜라 위에 자두와 복숭아, 블루베리,
페타 치즈, 후르츠 케이퍼를 곁들여 먹을 예정이다.

16 2020년 9월에 문을 닫았다.

소

희

심해어냐 미역이냐

스스로를 미워하지 않게 된 것이 좋다

8년 전이었다. 조금 무기력하고, 물 한 잔 뜨러 가는 게 어렵고, 쉽게 잠들지 못하는 나날이 반복되었다. 하루 에너지의 9.5할을 아침에 일어나는 데 썼다. 회사 일이 힘든 것도 아니고, 누가 나를 괴롭힌 것도 아닌데, 아침에 일어나고 밤에 잠들기가 너무 힘들었다. 베개에 머리만 대면 3분 안에 잠드는 친언니는 도통 이해할 수 없다며 "베개에 머리를 대. 눈 감아. 그리고 자"라고 말했다.

출근길마다 다짐했다. 오늘은 진짜, 진짜, 진짜 일찍 잘 거라고. 하지만 이번에도 새벽 2시가 넘어서야 스스로 뒷덜미를 잡고 욕실로 질질 끌고 갔다. 그렇게 씻고 나서도 쉽게 잠들지 못했다. 나는 내 말을 안 들었고, 내 맘에 안 들었다. 죽고 싶다고 생각한 적은 없었다. 다만 콩을 까먹고 있는 기분이었다.

"지금 이렇게 사는 거랑 20년 후까지 이렇게 사는 거랑 뭐가 다르지. 딱히 맛있는 것도 아닌데 계속 콩을 까먹는 거야. 내가 콩을 까먹는지조차 까먹고, 콩 까먹듯이 하루하루 까먹으면서. 그렇게 20년을 더 산다고 해서 의미가 있을까. 콩 껍질이나 많이 쌓이겠지"라는 얘기를 했더니 친구가 말했다.

"너 그거 우울증 초기 증세야. 대개 병원에 가기 전까지는 잘 몰라. 나도 그랬어. 그러니까 꼭 병원에 가봐."

나는 알았다고 순순히 대답하고 병원에 가지 않았다. 내게 정신과로 가는 길은 우주여행만큼 멀어 보였지만 그때 정신과에 갔어야 했다. 그저 내가 잠 많고 게으른 사람이라고 생각했다. 중학교 때도, 고등학교 때도 그랬으니까. 지금은 안다. 나는 우울증에 걸린 청소년이었다.

고등학교는 기숙학교였다. 좁은 방에서 5명씩 생활했고, 한 반에 50명씩 있던 시절이라 어디를 가도 나만의 공간은 없었다. 모든 걸 완벽하게 통제받았다. 좁은 어항에 갇힌 물고기들처럼 우르르 몰려다니다 불현듯 서로 물어뜯었다. 우울증에 걸리지 않을 방도가 있었을까? 나는 잠 많은 애로 불리며 아예 방임되거나 아주 고약한 체벌을 받으며 3년을 버텨야 했다. 죽고 싶었던 적은 없지만, 돌이켜 생각하면 그때의 나는 살고 싶어서 농구를 했던 것 같다. 우울증이라는 걸 몰랐을 때 운동은 그렇게 나를 겨우겨우 건져냈다. 우울증에 걸린 사람에게 하는 말들이 있다.

"움직여라. 운동해라."

나쁘지 않다. 진흙 같은 침대에서 가라앉는 것보다 훨씬 좋다. 다만 움직일 수 없고 운동할 수 없다는 게 문제라는 걸 빼면 말이다. 이제 와 생각하니 그 깊고 깊은 우울의 바다를 어떻게 건너왔는지 아찔할 뿐이다. 운이 좋았다고 할 수밖에 없다. 대학에 가서 시간과 공간을 마음대로 쓰면서부터 좀 괜찮아졌다. 그러다 회사 생활을 시작하며 다시금 말도 안 된다 싶을 정도로 자는 사람이 되었다. 이번엔 우울증에 걸린 회사원이었다.

"우울증이야, 우울증이라고!"

그때의 내게 말해주고 싶다. 우울증 약을 먹게 된 건 소가 뒷걸음질 치다 쥐를 잡은 격이었다. 엄마의 보호자로 내과에 갔다가 오래 알고 지낸 의사에게 근황 얘기를 하게 되었다.

"엄마는 새벽 5시에 일어나는데 저는 새벽 3시쯤 겨우 잠이 들어요. 엄마가 7시까지 기다려주기는 하는데 정말 피곤해요. 엄마를 간병해야 하는데 이러다 내가 죽지 싶어요."

그 말을 듣고 의사는 언제부터 잠이 오지 않았는지 묻고 약을 처방해주었다. 안정제였다. 약을 먹기 시작하고 굉장한 일이 일어났다. 나도 놀랐고, 가족들도 놀랐다. 누가 깨우지 않았는데 아침 6시면 혼자 일어나 스트레칭을 하게 된 것이었다.

언니는 포르투로 함께 여행을 간 사흘 동안 내가 자발적으로 벌떡벌떡 일어나 산책하러 나가던 모습 이후 처음이라며 '내 동생이지만 내 동생이 아닌 것 같다'고 했다.

그렇게 해서 지금의 나는 우울의 바다 밖으로 빠져나와 선글라스를 쓰고 해변에 누워 햇볕을 쬐고 있는가? 천만에. 여전히 바다를 건너고 있다. 얕은 수심과 깊은 수심이 반복될 뿐이다. 전과 다른 점은 바닥이 보이지 않아 몸이 얼어붙을 만큼 공포스럽더라도, 결국 같은 바닷물이라는 것을, 곧 있으면 다시 얕은 곳이 나온다는 것을 알게 되었다는 것이다.

소희

누군가는 정신과 약에 의존하지 말고 의지와 운동으로 이겨내는 게 좋지 않느냐고 말한다. 글쎄. 나는 약으로 제멋대로 나대는 교감 신경을 가라앉히는 게 좋다. 잠을 자야 한다는 스트레스 때문에 오히려 잠들지 못하는 고통 대신 약의 도움을 받아 쉬이 잠드는 편이 좋다. 그렇게 주말의 오전이 생기고 그 시간에 운동을 하러 나가는 게 좋다. 영화 「센과 치히로의 행방불명」 속 가오나시처럼 끝없이 먹고 또 먹는 밤, 끈적하고 지저분한 잠에서 깨어나지 못하는 아침이 찾아와도 스스로를 미워하지 않게 된 것이 좋다.

토요일 아침, 거실 깊숙이 들어온 기다란 빛 속에서 먼지가 나풀거린다. 청소기를 돌리며 노래를 흥얼대본다. 이건 아직 완성되지 않은 노래다.

깊은 곳을 지나면 얕은 곳이 나온다

작사 강소희

깊은 곳을 지나면 얕은 곳이 나온다
깊은 곳을 지나면 얕은 곳이 나온다

나는 심해어가 될 필요도 없고 미역이 될 필요도 없다
나는 심해어가 되어도 좋고 미역이 되어도 좋다

깊은 곳을 지나면 얕은 곳이 나온다
깊은 곳을 지나면 얕은 곳이 나온다

나는 무엇이 되어야 할 필요가 없는 만큼
나는 무엇이 되어도 좋다

소희

아

리

질병 그리고 술

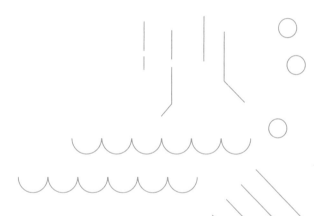

체력이 좋아졌다는 말은

술을 조금씩 즐길 수 있게 되었다는 의미다

두 가지 질병을 앓고 있다. 만성 비염과 아토피 피부염. 비정상적인 알레르기 반응을 의미하는 아토피가 피부 증상으로 나타나면 아토피 피부염이라 부르고 호흡기 증상으로 나타나면 알레르기성 비염이라 부른다. 아빠는 내게 두 가지 질병을 고스란히 물려주었다. 몸 곳곳에 아토피 흉터가 남아 있는데 특히 목이나 관절이 꺾이는 팔오금 같은 부분에는 긁어서 생긴 흉터로 색소 침착이 남았다.

"아리니? 왜 벌써 왔노?"
"엄마…… 훌쩍……."
"근데 와 우노? 무슨 일 있었나?"
"애들이…… 내보고…… 괴물이래. 엉엉."

언젠가 엄마가 들려준 초등학생 시절 이야기다. 학교에 있어야 할 시간인데 내가 집으로 뛰어 들어왔다고 한다. 무슨 일인고 하니 피부염으로 생긴 상처를 본 친구들이 괴물이라고 놀렸던 것이다. 중학생 때에는 '왜 나에게 관심을 갖지 않는지'와 '왜 자꾸 나를 쳐다보는지' 사이를 쳇바퀴 돌리듯 왔다 갔다 하며 괴로워했다. 후자가 지배

아리

적이었고, 아토피 상처로 꽂히는 사람들의 시선 때문에 생겨난 딱지 같은 생각이었다. 친구들의, 선생님들의, 가족들의 시선이 지긋지긋했다. 피부를 뚫고 들어오는 묵직한 시선들 때문에 자주 짓눌렸다. 나는 매일 밤 기도했다.

"오늘은 가렵지 않게 해주세요, 제발 잘 수 있게 해주세요."

밤이 되면 가려움이 극심해져서 늘 잠을 설쳤고 옆에서 자던 엄마는 몸을 세차게 긁어대는 내 손을 자주 잡아챘다. 어릴 때부터 아토피 피부염을 겪는 사람은 수면 시간이 충분하지 못해 성장이 더디다고 한다. 아토피만 없었어도 키가 3센티미터는 더 크지 않았을까. 종종 수선을 맡겨 바지 밑단을 잘라낼 때마다 씁쓸함이 밀려온다.

두려운 건 여름이다. 더위와 땀이 아토피 부위를 자극해 피부가 점점 달아올라 가려워지기 때문이다. 무엇보다 짧은 소매와 맨다리로 흉터가 그대로 드러날 수밖에 없는 교복을 증오했다. 애써 가려움을 참다 보면 온몸에 좁쌀 같은 벌레들이 기어 다니는 것 같다. 소름 끼치는 감각 때문에 몸을 또 긁는다. 같은 부위를 계속 긁어서 피가 나고 딱지가 생긴다. 이를 반복하면 진물이 나면서 상처 부위는 나무껍질처럼 딱딱하게 굳고 두꺼워진다. 연고의 성분인 스테로이드제 부작용이기도 하다. 상처가 아물기도 전에 딱지를 뜯어내고 다시 긁어 기어코 피를 내기를 되풀이했다. 대학교 2학년 여름방학의 어느 날에는 관절 부분을 점령한 아토피가 얼굴까지 번져버렸다. 나는 전화를 걸었다.

"사장님, 저 오늘부터 못 갈 것 같아요. 죄송합니다……."

아르바이트하던 명동의 쌀국수 집 사장님께 무단결근을 통보하고 재빨리 전화를 끊었다. 사정을 말하자니 너무 창피해 죽고 싶었다. 그렇게 막돼먹은 스물한 살 알바생의 우울한 날들이 시작되었다. 다음 날 엄마 손에 붙들려 한의원에 갔다. 침으로 상처 부위를 수십 차례 찌른 뒤 부항을 떴다. 검붉은 피가 부항 안으로 천천히 빨려 들어가는 걸 보면서 묘한 쾌감이 들었다. 더러운 피가 몸에서 모두 빠져나갔으면 했다. 한의원에 가는 날을 제외하고 방에만 틀어박혀 지냈다. 11층에서 떨어지면 죽을 수 있을지, 베란다 창문 밖으로 얼굴을 내밀고 1층 화단을 자주 내려다보던 날들이었다.

명절마다 만나던 작은삼촌은 날 보면 언제나 목과 팔등의 부위를 검사해가며 질병의 추이를 얘기했다. 의사라는 직업인의 자연스러운 행동이었을까? 누가 봐도 정상은 아니니까 아는 만큼 최대한 설명해주려 했겠지만 나는 잘 모르겠다. 나를 다른 조카들처럼 무심하게 대했다면 그 시간을 고통으로 기억하진 않을 텐데. 지금도 작은삼촌을 만나면 눈치를 보게 된다. 몸에 새겨진 방어기제는 뿌리가 깊다. 사람들의 시선이 아토피 흉터에 가닿을 때마다 애써 다른 곳으로 주의를 돌리며 어서 이 시간이 지나가길 바랐다. 불편한 시선을 신경을 써야 하는 상황에서 나의 눈치는 일찌감치 길러졌다.

술잔을 빠르게 비우고 주종이 바뀌는 것 따위 개의치 않는 사람이 부럽다. 술은 아토피의 적이자 독이다. "적을 딱 한 번만 무찔러보자!" 하며 가끔 전장에 뛰어들 때도 있지만 결과는 언제나 KO 패. 한 잔만 마셔도 심장이 빠르게 뛰고 얼굴이 빨개졌다. 음주 후 피부가 빨개지는 이유는 혈관이 팽창하면서 혈액이 몰리기 때문인데 아토피 피부염 환자는 열 조절 능력이 떨어진다. 그래서 술을 마시면 열을 제대로 배출하지 못해 피부 기능이 저하되고 염증 및 가려움증이 심해진다.

나는 주당의 길 대신 수영과 달리기의 길을 택했다. 체력이 눈에 띄게 좋아졌다. 체력이 좋아졌다는 말은 술을 조금씩 즐길 수 있게 되었다는 의미다. 조심스레 한 모금 홀짝 마셔봤는데 웬걸, 오늘은 괜찮은데? 가렵지 않은데?

삼청동까지 달리고 집으로 돌아오는 길에 편의점에 들러 캔 맥주를 하나 산다. 집에 도착해 소파에 몸을 던지고 캔을 따서 꿀꺽 마신다.

술이 달았다. 운동 후에 마시는 술은 엄청 달콤했다. 맥주 광고에서 목 넘김 후 "캬!" 하고 지르는 탄성을 비로소 이해했다. 아토피 증상이 더뎌지고 술을 조금씩 마시게 되면서 늘어난 주량에 우쭐해졌고 허세가 생겼다. 주량이 어떻게 되냐는 질문에 항상 쭈뼛거리며 "한 잔이요. 소주 말고 맥주요"라고 답했는데 이제 나도 자신감이 생겼다. 술 잘 마시는 사람을 대단하게 보는 이상한 사회 분위기에 나도 한몫하고 싶다. 요즘 나의 주량은 맥주 서너 잔 정도다.

집에서 엎어지면 코 닿는 거리에 있던 바르셀로나의 황 사장님은 나의 술 애송이 시절부터 지금까지의 성장을 지켜봤다. 가끔 친구들과 함께하는 자리에서 "아리가 여기 처음 와서 맥주 한 잔 마시고 취했었는데 지금 봐봐, 엄청 잘 마시잖아. 대견하다니까"라는 말을 건네곤 한다. 저도 제가 정말 대견하답니다.

아토피 피부염은 나이가 들면서 호전되거나 없어지는 경우도 있지만 완치는 어렵다. 알레르기 증상은 몸에 내재되어 있다가 환경 요인에 따라 재발한다. 완공된 지 얼마 안 된 건물에 들어가면 몸이 가렵고 환절기만 되면 콧물과 재채기가 발작처럼 터진다. 한 달에 한 번 생리전 증후군으로 콧물과 재치기가 또 나를 괴롭힌다. 컵라면을 먹으면 얼굴에 버짐이 생기고 나이가 들수록 색소침착이 사라지는 속도가 느려진다. 아토피 증상이 경고음을 울리기 시작하면 간헐적 조절에 들어간다. 밀가루와 튀김, 인스턴트를 금지한다. 충분히 자고 운동을 한다. 그리고 많이 걷는다. 이 모든 걸 지키려고 노력하는데 단 하나 예외

가 있다. 다른 건 몰라도 술맛을 알아버린 이상 술은 포기
할 수 없다.

　역시 허세일까.

아리

소

희

느슨하게 그러려니

서로를 향한 존중을 바탕으로

적정 거리를 유지하며

개인에게 '거리 결정권'을 주는 곳

소속감이란 이상하다. 집단 안에 들어가면 안정적인 동시에 답답하다. 그렇다고 뛰쳐나오면 이내 외로워진다. 스무 살 이후에도 무리에 속하거나, 무리에서 빠져나오는 일은 계속되었다. 대학에서마저 3~4명이 꼭 붙어 다니며 점심을 같이 먹고, 시간표를 같이 짜고, 술자리에 같이 다니는 무리를 보면 반감이 들었다. 무리에 대한 양가감정은 나를 오래도록 따라다녔다.

그러나 회사 생활을 시작하고 나니 제한된 에너지로 많은 일을 수행하면서 무리든 소속감이든 상관없는 상태가 되었다. 어릴 때 만난 친구가 진짜 친구이고, 우정이란 오래될수록 가치 있고, 사회에서 만난 친구는 친해지기는 어렵다는 말들이 별 의미가 없다는 것을 삶을 통과하면서 알게 된다. 사회에서 만난 친구와 진짜 친구가 될 수 없는 이유는 서로를 밑바닥까지 보여줄 수 없기 때문이라고 한다. 글쎄, 나는 지난날 왜 그토록 많은 사람에게 내 밑바닥을 보여줬는지 후회하는 쪽이다. 내 밑바닥은 나도 보기 싫다. 남의 밑바닥은 더 보기 싫다.

다행히도 내가 다니는 회사는 거리 감각이 전제되어 있다. 새로 온 사람을 일부러 신경 써주는 사람도 있지만, 혼자만의 페이스를 갖도록 적당한 무관심으로 배려하는

소회

사람도 있다. 물론 이상하리만치 당신과 나 사이의 거리를 훌쩍 뛰어넘는 사람도 있긴 있다.

다 같이 점심을 먹는 동기들을 유치하다고 생각하면서도 구내식당에서 혼자 밥을 먹는 날엔 기둥 뒤에 숨고 싶었던 과거의 나는 없다. 이제 혼자서도 밥을 잘 먹는다. 나 홀로 이뤄낸 성과일까? 아니다. 점심시간마다 도시락과 병원 등 갖은 핑계를 대며 개인의 점심을 사수하기 위해 노력한 사람들이 만든 결과다. 혼자 잘 지내는 사람이 둘이서도 잘 지내는 것처럼 혼자 밥을 먹어도 즐거운 조직이 회식도 즐겁다. 무리 짓기에 대한 양가감정을 받아들이고 여러 관계를 조율하며 나에게 맞는 사회생활을 찾아가고 있다.

그런데 일대일도 아니고 무리라고도 할 수 없는 특별한 관계들이 있다. 하나는 내가 속한 농구단이다. 이제껏 겪어왔던 그 어떤 곳보다 느슨하게 이어져 있다. 연습이 끝난 후 같이 밥을 먹을 수 있지만, 꼭 밥을 먹어야 하는 건 아니다. 자유롭게 얘기할 수 있지만, 나이를 물어보지 않는다. 서로를 향한 존중을 바탕으로 적정 거리를 유지하며 개인에게 '거리 결정권'을 주는 곳. 어쩌면 모든 사회에 적용해도 좋은 느슨한 관계다. 이 적당한 소속감과 쾌적한 거리감이 좋다.

다른 하나는 회사 친구 모임이다. 이런 날은 이렇게 만나고 저런 날은 저렇게 만나는 아주 유연한 모임이다. 고정 멤버 없이 그저 동종업계 종사자로 이루어진 이 모임에는 "그 미친 사람이"로 시작하는 이야기를 할 때 누구인지 설명하지 않아도 되는 강력한 장점이 있다. 트렌드에 기민해야 하는 업의 속성상 모임에 가만히 앉아만 있어도 공부가 된다는 장점도 있다.

서로의 처지를 누구보다 잘 알아서 "저번에도 힘들었는데 이번에도 힘들다"는 이야기를 해도 그러려니 하고, 느닷없이 약속을 취소해도 그러려니 한다. 나는 이 느슨한 '그러려니'가 참 좋다.

아

리

위쪽 공기는
더 상쾌한가요

내 코어 근육은

버스 안에서 길러진 거나 마찬가지다

"다시 태어날 때 한 가지 능력을 고를 수 있다면 어떻게 할래?"

누군가 내게 묻는다면 나의 대답은 정해져 있다. 탁월한 운동신경. 그리고 한 가지 더 추가하자면 '운동신경이 탁월한 키 큰 사람'으로 다시 태어나고 싶다.

운동할 때 큰 키가 유리하다는 걸 잘 아는 이유는 내가 정확히 그 반대이기 때문이다. 초등학교 시절 키 순서대로 번호를 매겼는데 나는 1학년 1반 1번, 2학년 1반 1번이었다. 한 학년당 두 개의 반만 있던 함안군 가야읍 말산리의 아라초등학교에서 나는 매주 월요일 아침 조례 시간마다 '기준'이 됐다.

오른손을 높이 올리고 "기준!"을 목청 좋게 외치면 내 뒤에 줄 서 있는 친구들이 양팔을 나란히 내밀고 팔의 길이만큼 앞사람과 간격을 넓혔다. 각 반의 줄 지은 학생들 앞에 담임 선생님들이 서 있었다. 맨 앞자리였던 나는 마주 볼 수밖에 없었던 담임 선생님의 시선을 피해 자주 아래를 내려다보며 발끝으로 애꿎은 운동장 바닥만 툭툭 쳤다.

조례 시간이 끝나면 내 자리만 모래 바닥이 파여 있었다. 학년이 올라가도 언제나 운동장 맨 앞, 교실 자리 1열

아리

이었다. 친구들이 자라는 속도와 내가 자라는 속도는 시간이 지날수록 간격이 벌어졌다.

중학생이 되어 통학 버스를 탈 때에는 가장 먼저 좌석들을 주시했다. 빈자리 여부를 확인하는 게 목적이었냐고? 아니다. 좌석 등받이에 붙은 손잡이를 사수하기 위해서였다. 다른 사람이 등받이 손잡이를 차지하면 나는 버스 안에서 고난의 시간을 맞이해야 한다. 버스 천장에 달린 벨트 손잡이는 내 손이 닿기에 애매한 높이라서 기사가 급정거와 급출발로 학생들을 괴롭힐 때마다 열 개의 발가락을 필사적으로 구부려 균형을 잡고 버텨야 했다. 내 코어 근육은 버스 안에서 길러진 거나 마찬가지다.

손을 뻗었지만 닿지 않아서 낭패를 본 기억은 계속된다. 여가여배 두 번째 클래스는 구기 종목의 핵, 농구였다. 농구를 향한 내 욕망은 농구공보다 더 높게 튀어 올랐다. 그리고 클래스를 이끌어준 위캔즈의 기초반 수업을 곧장 신청했다. 드리블을 시작으로 체스트 패스[17], 숄더 패스[18],

---

17   가슴 가까이에서 두 손으로 공을 밀어내듯이 던지는 패스.
18   공 잡은 손을 어깨 위까지 올리고 손바닥을 위로 한 상태에서 손목과 손가락의 스냅을 이용해 던지는 패스.

골밑슛 등 기본기를 차근차근 다지는 동안 농구에 대한 의욕은 하늘 높이 치솟았다. 작은 손에 알맞은 6호짜리 농구공을 샀고 성인 표준 발 사이즈에 한참 못 미치는 220 사이즈의 농구화는 해외 직구로 구비해둔 참이었다. 농구를 위한 나의 자세는 이보다 더 완벽할 수 없었다.

그럼에도 3:3 시합이 시작되자마자 시련이 찾아왔다. 나는 한 쿼터가 끝나기도 전에 아니, 3분이 채 지나기도 전에 170센티미터의 상대편 수비수로 인해 손쓸 틈도 없이(손이 닿지 않는데 어떻게 손을 쓴담?) 주저앉고 말았다. 내 작은 키로는 손을 쓸 수 없는 허무함, 이건 내가 할 수 없는 게임이라는 패배감이 몰려왔다. 수업을 같이 듣는 친구가 내게 "키가 작아도 너는 날다람쥐처럼 날쌔니까 상대편의 허점을 노릴 수 있지 않냐"는 배려 섞인 말을 건넸지만 뾰족해진 마음은 농구를 향한 욕망과 열정을 빠르게 터트려버렸다. 내 작은 몸이 이미 한계를 맞닥뜨렸다고! 허점을 노리기는커녕 패스가 안 된다고! 나는 그렇게 농구를 포기했다. 사실은 너를 별로 안 좋아했었어. 안녕! 먼저 이별을 통보하는 게 우위에 있다고 생각하는 연애 하수 겁쟁이처럼 농구와 작별인사를 했다.

아리

작은 키로 경험한 허무함은 농구뿐만이 아니었다. 여가여배 다섯 번째 클래스 배구에서도 패배감을 느꼈다. 물론 기본 기술을 배울 때까지는 괜찮았다. 공과 나, 두 개의 세계만이 존재할 때에는 아무런 문제가 없었다.

역시 위기는 팀 스포츠로 넘어갈 때였다. 나는 강렬하게 내리꽂는 스파이크를 시도조차 못하겠지. 만에 하나 간신히 공을 치더라도 상대편 코트에 채 닿기도 전에 네트에 걸려서 허무하게 떨어지고 말 것이었다.

나의 낮은 어깨가 키 큰 친구들의 팔걸이가 될 때, 한 번도 친구들의 정수리를 내려다본 적이 없을 때, 그런 때 버릇처럼 물어본다.

"위쪽 공기는 어때? 더 상쾌하니?"

아, 운동 잘하는 키 큰 사람은 정말 좋겠다.

아리

소

희

엄마는 왜 박수를 치며
TV를 볼까

삶이 심심해지긴 했지만,

나쁘지 않다

본가에 자주 가지 않는다. 웬만하면 갈등을 만들지 않으려고 하는데 몇 년이 지나도 참기 힘든 게 있다. 바로 TV를 보며 손뼉을 치는 엄마다. 본가의 TV 볼륨은 상상을 초월한다. 나이 들어 귀가 잘 안 들리기 때문이라고는 하지만 온 집 안을 쑤셔대는 시끄러운 TV 소리도 괴로운 판에 일정한 박자로 짝짝 울려 퍼지는 손뼉 소리를 듣고 있자면 정말이지 돌아버릴 것 같다.

"엄마, 박수 좀 치지 마."

부탁하면 잠시 멈추는가 싶다가 어느 순간 다시 시작된다. 사실 박수는 엄마의 소화 의식이었다. 무릎이 아파 많이 걷지 못하는 엄마는 그렇게라도 음식을 소화하려는 것인데 그게 나에게는 그렇게 고역이었다.

2년 전 심각한 위염으로 다섯 달 동안 10킬로그램이 빠졌던 때가 있었다. 배불리 먹으면 이상하게 기력이 떨어져 도무지 일을 할 수가 없었다. 샐러드를 하나 사서 점심과 저녁에 나눠 먹으며 지냈다. 회사 사람들이 다이어트를 너무 심하게 하는 거 아니냐고 날마다 물어보는 통에 '다이어트 아니고 위염입니다'라고 적힌 티셔츠를 맞

소희

취야 하나 고민할 정도였다. 가끔 한 번씩 급성 위염으로 위를 쥐어짜는 듯한 통증을 느끼곤 했었지만 2년 전 위염은 차원이 달랐다.

연말연시에 유난히 일이 많아 무서운 속도로 스트레스가 쌓여갈 때였다. 자정 즈음에 겨우 귀가해 세상에 복수하듯 몽쉘을 먹었다. 하루에 한 상자씩 먹을 때도 있었다. 그러고는 식곤증을 징검다리 삼아 잠들었다. 나중엔 뭘 먹지 않으면 잠이 오지 않는 지경에 이르렀다. 낮에는 숨 쉬듯 커피를 들이부었다. 그렇게 하지 않고서는 그 많은 일을 해낼 수 없었다. 가학적인 두 달을 보내고 나니 위가 완전히 초토화되었다. 직업인으로 기능하기 위해 새 모이만큼 최소한의 열량만을 끼니로 공급하며 살던 그때에는 남은 힘을 끌어모으고 모아야 겨우 퇴근할 수 있었다. 그게 다였다. 다른 걸 할 에너지는 남아 있지 않았다.

반년 후에야 가까스로 위가 회복되고 나서 비로소 운동을 다시 할 수 있게 되었다. 먹는 기쁨, 움직이는 기쁨 없이 산다는 건 굉장히 무력해지는 일이었다. 먹을 수 없으니 사람들을 만나도 흥이 나지 않았고, 힘이 없으니 운동을 할 수도 없었다. 시간이 흘러 그 기쁨들이 다시 돌아왔을 때 위에게 사과하는 마음으로 식사하고 열심히 걷고 집안일을 했다. 그제야 TV를 보며 손뼉을 쳐야만 하는 엄마를 이해하게 되었다.

이제 노이즈 캔슬링 이어폰도 생겼으니 엄마의 박수 공격을 잘 막아낼 자신이 있다. 물론 이렇게 말하고 있자니 위염 후 큰 깨달음을 얻어 새 인생을 사는 듯 보이지만 나는 아직도 스트레스를 받으면 한밤중에 진라면을 끓여 먹는다. 달걀 세 개를 풀고 대파를 잔뜩 올린 후 참기름을 휘휘 둘러 맛있게 먹는다. 양념 범벅 김치와 함께 밥까지 말아 먹으면 야식 한 끼가 완벽하게 마무리된다. 밤늦게 먹는 라면 맛은 탄수화물과 나트륨의 불온하고 치명적인 자식이다.

학교 급식을 먹고 바로 매점으로 달려가 후식을 먹고, 교실로 돌아가 서랍에 감춰둔 간식까지 먹고 나서 책상에 엎어져 잠들었다 일어나면 말끔히 소화가 되던 고등학생은, 먹고 나서 바로 눕지 말라는 엄마의 잔소리가 세상에서 제일 이해가 되지 않던 그 고등학생은 더부룩한 속을 끌어안고 깊은 밤에 밖으로 나가 걷고 달리는 사람이 되

소희

었다.

몸에 신경 쓰지 않아도 알아서 소화되고 알아서 잠이 들던 호시절은 지나갔다. 몸이 점멸등처럼 신호를 보내왔지만 퓨즈가 나가버릴 때까지 몸을 상하게 하고 나서야, 조각난 일상을 기어이 통과하고 나서야, 겨우 깨닫는 것들이 있다. 이미 앞서 간 자들이 수없이 증언했는데도 기어코 그 전철을 밟고 나서야 말귀를 알아듣는 나를 오늘도 어르고 달랜다.

밥을 씹어 먹자.
국물은 남기자.
청량 고추는 한 개만 넣자.
젤리를 끊자.
몽쉘은 오후 4시 반에 먹자.

소

희

고양이는 고양이답게,
사람은 사람답게

범이는 매일매일

자기 몸의 가능성을 찾아내며

놀라운 계절을 통과하고 있다

올여름 새끼 고양이가 우리 집에 머물렀다. 딱 보름 동안이었다. 태어난 지 사흘째에 발견해 구조한 아이들로 그때 나는 어미가 버린 새끼들을 사람이 살리는 게 보통 일이 아니라는 것을 몰랐다. 그저 눈앞에서 벌어지는 영문 모를 죽음을 막고 싶을 뿐이었다.

정읍에서 구조된 아이들이 일주일 만에 내 집에 왔을 때는 태어난 지 열흘 무렵으로, 올라오는 기차 안에서 삼색이가 두 눈을 떴고, 치즈색 아이는 도착한 다음 날 오전에 왼쪽, 오후에 오른쪽 눈을 떴다. 새끼 고양이는 눈을 꼭 감고 태어나 2주 안팎이 되었을 때 눈을 하나씩 뜬다는 것, 갓 태어난 새끼는 소화 능력과 배변 능력이 없어 모두 어미가 해결해줘야 한다는 것, 체온 조절을 스스로 할 수 없다는 것, 살아 있는 동물에게 파리가 알을 깐다는 것, 새끼 고양이는 다양한 이유로 아주 쉽게 죽는다는 것, 그럼에도 살아남는 아이가 있다는 것, 배운 적도 없는데 그루밍grooming을 하고 스크래칭scratching을 한다는 것, 고양이도 걸음마를 한다는 것, 겅중거리며 뛰다가 혼자 깜짝 놀란다는 것······. 40년 동안 몰랐던 것을 2주 동안 너무 많이 알게 되었다.

집에 온 지 나흘 만에 치즈색 아이가 응급실을 두 차

레나 오가다 죽었다. 많이 울었다. 내가 했던 모든 결정이 잘못된 것만 같았다. 치즈는 100그램 남짓이었고 화장한 뒤에는 3그램의 뼈가 되었다. 나 따위가 생명을 구하려고 했다는 것에, 그럴 수 있다고 여겼던 것에 화가 났다. 눈물이 앞을 가려도 남은 새끼에게 분유를 먹어야 했다. 치즈가 떠난 후, 삼색이만은 살려야 한다는 책임감과 살리지 못할 수도 있다는 불안감에 시달렸다. 심장이 빠르게 뛸 때면 나는 두 손을 모으고 심호흡하다 잠들었다. 그게 스트레스로 인한 공황이었다는 걸 나중에 알게 되었다.

한여름의 태풍 같은 강렬한 낮과 밤이 지나며 삼색이는 하루에 10그램, 13그램, 17그램씩 자랐다. 이게 고양이인지 쥐인지 구분이 안 갈 만큼 바짝 붙어 있던 귀가 슬슬 올라와 두 개의 삼각형 모양이 되고, 다리와 꼬리에 살과 털이 붙고, 발이 제법 커지고, 헛발질 같아 보이던 행동이 실은 그루밍이었다는 것을 알게 되는 나날이었다. 걸음마를 하는가 싶더니 다음 날은 겅중거리며 달린다. 그러다 넘어진다. 뛰고 넘어지기를 반복한다.

몰랐다. 잘 먹고, 잘 자고, 잘 놀고, 잘 싸는 게 그토록 중하다는 것을 몰랐다. 나는 아주 오래전부터 하고 있던 것들이라, 어린 포유류에게 결코 쉬운 일이 아니라는 걸

소희

정말 몰랐다. 삼색이가 배변을 하지 못해 병원에 다녀온 다음 날 마침내 새끼손가락 마디만 한 똥을 쌌을 때의 안도감과 기쁨이란! 태어나서 누군가의 똥을 이렇게 기다린 적은 처음이었다. 그 똥을 한참이나 바라봤다. 다른 존재의 배변 활동이 기특하고 장한 것도 처음이었다. 이불은 얼마든지 빨 수 있으니 제발 어디에든 똥을 싸주기를 얼마나 바랐는지 모른다.

삼색이의 걸음마와 그루밍, 스크래칭을 보면서 감탄했다. 보고 배울 고양이가 없는데 어떻게 하는 거지? 새끼 고양이의 신비로움을 목격하며 나는 궁금해졌다. 왜 아기들은 기는 걸까? 왜 뒤집는 걸까? 자꾸 넘어지면서도 왜 일어서는 걸까? 그리고 마침내 걷다가 왜 뛰는 걸까? 도대체 왜?

그렇게 생겼으니까.

인간은 달리기에 적합하게 진화한 동물이라고 한다. 우리의 유전자는 아직도 다른 종과의 경쟁에서 살아남기 위해 지녀야 했던 기능들을 가지고 있어서 우리는 달려야 한다. 인간이 달려야 하듯이 새끼 고양이는 파리 유충이 온몸을 뒤덮었는데도, 앞이 보이지 않는데도, 기고 울어서 자기의 존재를 언니네 가족에게 알렸던 것 같다. 나는 태어났으니 살아야겠다고. 고양이로 태어났기에 고양이가 되어야겠다고.

　가수 이소라의 노래 「track 9」에 "나는 알지도 못한 채 태어나 날 만났고 내가 짓지도 않은 이 이름으로 불렸네"라는 가사가 있다. 나 또한 그러하다. 영문도 모른 채 태어나 살고 있다. 사람으로 태어나 사람으로 살기 위해, 고양이로 태어나 고양이로 살기 위해. 유전자에 새겨진 대로 갓 태어난 인간은 기어코 몸을 뒤집고 갓 태어난 고양이는 기어코 그루밍을 한다. 그렇게 생겼으니까 그렇게 해야 한다는 걸 아는 사람이 얼마나 될까. 아기의 신비로움을 익히 보고 들었으나 사실상 몰랐던 것과 다름없이, 우리는 알고 있지만 실은 하나도 모르는 게 아닐까.

　지금 내 몸은 예전으로 돌아갔거나 더 안 좋은 상태이다. 하지만 다시금 몸을 원활하게 움직이기 위해, 살아 있음을 다시 느끼고 말 거라는 다짐으로 매일 5밀리씩 더 멀리 뻗는 스트레칭을 하고 있다. 정형외과와 재활의학과와 한의원과 안마원에 다닌다. 낮에는 애플워치를, 밤에는 미밴드를 찬다. 아침마다 두유에 오트밀을 말아 먹고 알파벳별 비타민을 챙겨 먹는다.

소희

정을 주지 않으려고 이름을 짓지 않은 채 삼색이로 부르던 새끼 고양이는 '범이'라는 이름을 갖게 되었다. 작은 몸에 큰 귀와 큰 발을 가진 비범함, 러그와 쿠션과 베개를 광야와 언덕과 산처럼 탐험하는 대범함을 갖춘 고양이에게 잘 어울리는 이름이다. 범이는 매일매일 자기 몸의 가능성을 찾아내며 놀라운 계절을 통과하고 있다. 나도, 우리도 그러한 계절을 꼭 통과할 수 있기를 바란다. 그게 언제가 되었든 말이다.

아

리

이번엔 꼭 추고 말 거야

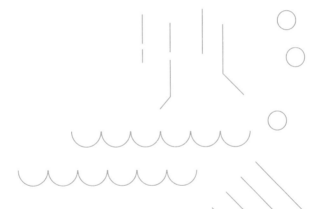

어깨와 손목과 팔과 하체 순으로

신묘한 힘이 솟아오른다

나는 TV를 사랑하는 어린이였다. 제일 좋아하는 프로그램은 「가요톱10」. MC 손범수가 아나운서 특유의 또렷한 목소리로 가수를 호명하고, 카메라가 무대를 비추는 짧은 시간 동안 나도 나만의 무대를 준비했다.

TV 앞은 언제나 나의 독무대였다. 1990년대 가요들은 곡의 감성과 가사와는 상관없이 130BPM 이상의 댄스 비트가 많았다. 옛 연인의 불행을 기도하는 가사를 웃는 얼굴로 노래하고, 상처받은 마음을 파워 댄스로 녹여낸, 기묘했던 1990년대와 2000년대 초반. 나는 빠른 비트에 자주 반응했다. 학습이 잘된 앵무새처럼 가사를 빠르게 외워서 따라 불렀고 한 번 들은 멜로디는 곧잘 흥얼거리는 재주도 있었다. 노래를 부를 때마다 몸은 자동으로 움직였다.

장기자랑 시간에 반 대표로 나서서 춤추던 친구들은 두 부류로 나뉜다. 정말 잘 추는 아이, 제 흥에 심취해 열심히 추는 아이. 나는 후자였다. 손바닥을 앞뒤로 재빠르게 돌려가며 박미경의 「이브의 경고」를, 엉덩이를 통통 두드리며 룰라의 「날개 잃은 천사」를, 빗자루를 집어 들고 속사포 랩을 뱉으며 솔리드의 「천생연분」을 따라 불렀다. 초록색 물감을 볼에 그려 넣고 H.O.T.의 「캔디」에 맞춰 내가 망치인지 망치가 나인지 구별하기 어려운, 삐걱대는 망치 춤을 정말 열심히 췄다.

"우리 딸내미 가수 해도 되겠네."
"우째 이래 소리가 정확하노? 아리는 절대 음감이다!"

　내 몸에 흐르는 흥 DNA는 아빠로부터 왔다. 아빠는 기타를 들고 직접 작사, 작곡한 노래를 자주 불렀다. 음악을 좋아하는 만큼 악기도 좋아했다. 덕분에 색소폰, 오카리나, 팬파이프, 칼림바 등 집에 특이한 악기들이 많았다. 애석하게도 음악을 좋아하고 악기 수집이 취미인 것과는 별개로 아빠에게는 악기를 다루는 재능이 있지는 않았다. 어딘가 어설픈 기타 연주에 엄마의 소프라노 노래 실력이 더해져서 우리 집은 자주 합창단의 꼴을 갖추었다. 음악을 사랑하는 집안 분위기에 내 꿈은 무럭무럭 자랐다. 노래와 춤은 당연한 일상이었다. 어미 새가 물어다 주는 먹이를 야금야금 잘도 받아먹는 아기 새처럼 작은 입을 열심히 벌려가며 어린이 합창 단원으로 활약했다. 생활기록부 장래 희망란에 자주 등장하던 나의 꿈은 연예인이었다.

아리

중학교 3학년 때는 금요일만 되면 6교시가 끝나기를 기다렸다. 종이 울리면 책상과 의자를 모두 교실 뒤쪽으로 밀고 사물함에서 마른걸레를 꺼냈다. 매주 금요일은 나무 바닥에 왁스 칠을 하고 광이 날 때까지 닦는 대청소 날이었다. 엉덩이를 치켜세우고 'ㅅ' 자가 된 몸을 두 다리로 밀어가며 청소하다 보면 낡은 스피커에서 노래가 흘러나왔다. 대청소 시간은 일주일에 한 번, 청소를 빙자한 음악 감상 시간이었던 것이다. 방송반에서 최신 유행하는 곡들을 틀어주면 왁스로 매끄러워진 교실 한쪽에서 본격적인 무대가 펼쳐졌다. 노래를 따라 부르는 건 기본이었고 발동이 걸린 친구들은 하나둘 포인트 안무를 따라 추기 시작했다. 학교 안 작은 무대 위에서 나는 분위기에 자주 휩쓸렸다.

학교와 집 사이에 오락실이 하나 있었다. 나는 참새였고 오락실은 방앗간이었다. 참새는 결코 방앗간을 그냥 지나칠 수 없는 법. 방과 후 천 원짜리 지폐를 동전 자판기에 넣고 교환한 뒤 오래방[19]에 들어가 마이크를 잡았다. 친구랑 같이 가는 날이면 화음을 쌓으며 춤을 췄고, 혼자라

19 지금은 코인노래방이라고 부르는 곳. 당시에는 오락실 안에 있어서 '오래방'이라고 불렸다.

면 처음부터 끝까지 가쁜 숨을 몰아쉬며 모든 파트를 소화했다.

TV를 좋아하던 어린이는 자주 취하는 어른이 되었다. 술에 취하고 음악에 취하는 어른은 좋아하는 사람들과의 술자리에서 디제이 역할을 자주 맡는다. 보사노바, 얼터너티브, 디스코, 힙합 등 장르를 가리지 않는다. 디제이의 본분은 선곡을 매끄럽게 연결하는 것이다. 장르보다는 박자와 분위기가 중요하다. 그리고 BPM이 130 이상 올라가면 슬슬 어깨부터 들썩인다. 어깨와 손목과 팔과 하체 순으로 신묘한 힘이 솟아오른다.

안데르센 동화『빨간 구두』에는 빨간 구두를 신고 끊임없이 춤을 춰야 하는 소녀가 등장한다. 의지와 상관없이 빨간 구두가 조정하는 대로 춤추기를 멈추지 않는 모습은 술자리에서 흥이 올라 정신 줄을 놓고 춤의 황홀경에 빠진 내 모습과 겹쳐진다. 다음 날이 되면 하체를 분실한 것만 같다. 이 정도 현란한 발재간이라면 탭 댄스를 춰도 되지 않을까?

아리

여가여배 여섯 번째 클래스 「손에 손잡고 스윙댄스」에서 지터벅jitterbug을 경험한 뒤 도우미로 참여해준 분과 무대 위에서 다시 만나자고, 또 같이 손잡고 춤추자고 약속했다. 하지만 춤의 세계의 관문은 나에게 너무 높다. 거울에 비친 춤추는 내 모습을 상상하기만 해도 얼굴이 화끈거린다. 나는 거울 속 나와 어색해질 게 분명하다. 그래서는 춤을 온전히 즐길 수 없을 것이다.

TV 앞에서 독무대를 즐기던 예전의 나를 다시 깨울 수 있을까. 술자리에서 130BPM에 맞춰 춤추는 게 가장 즐거운 나를 댄스학원으로 데려갈 수 있을까. 하고 싶은 마음과 하기 싫은 생각 중에 뭐가 더 힘이 셀까. 춤을 추고 싶은 마음과 춤추는 어색한 내 모습이 보기 싫은 마음 중에 과연 무엇이 이길까.

소

희

숏컷 만만세

단발을 맛보고 나니

더 가벼워지고 싶었다

다섯 달 만에 미용실에 갔다. 자고로 숏컷은 한 달 주기로 잘라야 하지만 내겐 영 무리다. 나는 언제부터 미용실에 가는 걸 두려워했을까? 집게 핀으로 머리를 위로 한껏 잡아 올려 못생겨진 내 얼굴을 거울로 지켜봐야 하고, 미용실 선생님에게 호구 조사를 당하기도 하고, 나한테 말 거는 게 싫다면서도 선생님이 말을 걸면 최면에 걸린 사람처럼 주절거리는 내가 싫고, 머리 손질이 끝난 뒤에 맘에 안 들어도 애매하게 미소 짓는 게 싫다. 긴 머리일 땐 미용실을 1년에 한 번 갔다. 가장 이상적인 주기였고, 마음의 준비도 한 달 전부터 할 수 있고, 시기를 놓쳐도 크게 상관없어 좋았다. 하지만 숏컷은 다르다. 시기를 놓치자마자 티가 나고 그때부터 모자를 벗을 수 없다. 숏컷을 한 뒤로 모자 수가 급격히 늘어난 이유다.

10년간 긴 머리를 유지하다가 농구를 하면서 귀 아래까지 오는 단발로 잘랐다. 일주일에 3~4일씩 농구를 하는데 긴 머리는 감고 말리기도 오래 걸리고 코트를 뛸 때 말 그대로 머리가 무겁다. 내 머리털은 굵기만 한 게 아니라 숱도 많기 때문이다. 커트를 하고 나서야 긴 머리가 얼마나 무거운지 알게 되었다. 단발을 맛보고 나니 더 가벼워지고 싶었다.

그러던 어느 날 언니가 사진을 정리하다가 발견했다며 고등학교 때 숏컷을 한 내 사진을 보내줬다. 중학교 1학년 때 동경하던 친구를 따라 숏컷을 했다가 대학 갈 때까지 숏컷으로 살았다. 고등학교 3학년이 되었을 때 엄마는 내 손을 잡고 부탁했다. 열심히 공부해서 어느 대학에 가 달라는 게 아니었다.

"소희야, 엄마 소원은 소희가 머리를 기르는 거야. 엄마는 그걸 꼭 보고 싶어."

어려울 것 없었다. 옥색 집게 핀으로 앞머리를 옆으로 넘기고 기르기 시작했다. 그래서 고등학교 졸업 사진 속의 나는 입 벌린 홍합 같은 모습을 하고 있다. 다행히 대학에 들어갈 때쯤 단발이 되었다. 그렇게 단발로 20대를 보냈는데 스물아홉 살의 겨울에는 언니가 내 손을 잡고 부탁했다.

"소희야, 언니는 네가 머리를 아주 길게 길렀으면 좋겠어. 내가 기르고 싶은데 난 얼굴형이랑 어울리지 않아서 말이야."

이 역시 어려울 것 없었다. 머리는 내버려두면 길게 마련이니까. 그렇게 허리 언저리까지 자랐지만 관리를 잘하지는 못해서 머리는 늘 푸석푸석했다. 회사 동료는 내가 처음 출근하던 날을 회상하며 사무실에 사자 한 마리가 들어오는 줄 알았다고 했을 정도다. 눈은 시커멓게, 입술은 새빨갛게 하고 다니던 시절이라 외양상 기세가 천하를 호령하고도 남을 때였다. 처음 만나는 사람들은 연예계에서 소위 센 캐릭터를 맡고 있는 분들의 이름을 갖다붙이며 닮았다고 했다. 하나도 닮지 않았지만 사람들은 남을 그렇게 유심히 보지 않으니까, 그리고 그들이 무슨 느낌을 말하는지도 알고 있었기에 "네" 하며 웃었다.

기가 세 보인다는 말은 살아오는 내내 "오늘 날씨가 좋네요" 수준으로 듣는 말이었다. 한때는 "기가 세다는 게 무슨 뜻인데요?"라고 반문하기도 했지만 이제는 그러려니 한다. 박수무당도 점을 치는 동안 내게 기가 세다는 말을 오십 번은 더 했으니까. 같이 간 친구에게는 건물을 사면 1층에 꼭 나를 들여놓으라고 했다. 기가 세서 웬만한 잡귀는 다 눌러준다고, 고사를 안 지내도 된단다.

그렇게 머리가 길고 기가 세 보이던 사람은 이제 머리가 짧고 기가 세 보이는 사람이 되었다. 가끔 긴 머리 특유의 분위기가 그립기도 하지만 숏컷의 기쁨을 알아버린 사람은 이전으로 돌아갈 수 없다. 게다가 몸을 움직여 땀 흘리는 기쁨도 알아버렸으니 정말로 끝이다. 이제는 엄마도 언니도 조카들도 모두 숏컷이다.

숏컷 만만세다.

소희

소

희

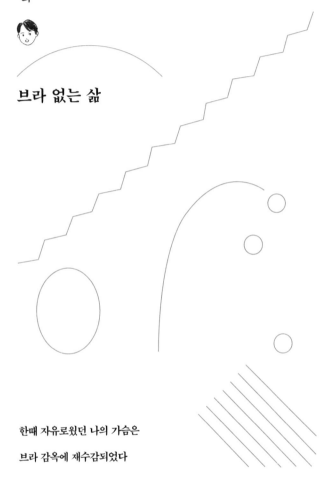

브라 없는 삶

한때 자유로웠던 나의 가슴은

브라 감옥에 재수감되었다

"엄마, 나 여기가 아파. 뭐가 올라오고. 하여간 이상해."

열두 살 강소희는 가슴을 가리키며 통증을 토로했다. 엄마는 웃음을 터트렸고 언니에게 그 말을 전하더니 둘이서 또 웃었다. 나는 몰랐다. 그게 브라 종신형의 서막이었다는 걸.

처음엔 순면으로 된 브라를 했다. 가슴 가리개라는 말이 어울리는 그것은 여간 신경 쓰이고 답답한 게 아니었다. 불행히도 인간 아니, 여자는 그 답답함에 익숙해진다. 초등학교에서는 남자애들이 브래지어 끈만 보이면 놀려댔다. 여자 중학교에서는 음악 선생님이 모두를 책상 위에 올라서게 하고 속옷 검사를 했다. 브라와 러닝셔츠, 양말 모두 하얀색이어야 했고 위반 시에는 매를 맞았다. 검은 양말을 신어서 맞고, 브라는 입었는데 러닝셔츠를 안 입어서 맞고, 러닝셔츠만 입어서 맞고…… 열다섯 살의 나는 한쪽 양말의 일부분이 분홍색으로 물들었다는 이유로 매를 맞았다. 흰 양말을 잘못 빨아서 물든 건데, 억울해서 눈물이 났다. 남녀공학 고등학교에서는 자유 시간에도 양말을 신고 다니게 했다. 남자들은 웃통을 까고 뛰어다니는데 여자들은 양말까지 갖춰 신게 했다. 발목이 보이

소희

면 남자들이 흥분할 수 있기 때문이라는 말은 도무지 이해할 수 없었다.

브라 없는 세상을 다시 만난 건 2003년 호주에서였다. 외국 영화나 TV 프로에서 브라를 하지 않은 여자들을 보며 의아한 적이 있었을 뿐, 내가 그런 사람이 될 줄은 몰랐다. 일상에서 노브라로 활보하는 여자들을 보면 여름날 굳이 브라로 가슴을 옥죄고 있는 내가 되레 우습게 여겨진다. 브라를 한 지 10년 만에 처음으로 이걸 왜 해야 하지 의문이 들었다. 그날의 각성 이후 나는 노브라로 살았다. 하지만 1년 후 귀국해 다시 브라를 해야 했다. 노브라일 때면 내 가슴에 구멍을 뚫어버릴 것처럼 눈에서 레이저를 쏘는 사람들 때문이었다. 그렇게 한때 자유로웠던 나의 가슴은 브라 감옥에 재수감되었다.

꼼짝없이 브라 속에서 최후를 맞이할 줄 알았던 내 가슴은 조금씩 자유를 되찾는 중이다. 아직은 세상에 내 가슴을 있는 그대로 내놓을 용기가 없다. 겨울철에만 두꺼운 옷으로 대충 얼버무린 자유를 취하고 봄, 여름, 가을에는 니플 패치를 동반한 반쪽짜리 자유를 가질 뿐이다. "니플 패치를 만나고 나의 성공 시대 시작됐다"라고 선창하며 대한의 동지들에게 이 자유를 전파하면 좋으련만 실상은 "니플 패치를 만나고 나의 가려움이 시작됐다"이다. 가슴이 자유를 누리는 동안 꼭지는 핍박받고 있었다.

이상적인 브라를 찾기 위해 자주 방황했다. 나는 수많은 브라를 만났고 수없이 헤어졌다. 아직은 만나지 못했지만 내 머릿속에 이데아 브라가 완성되어 가고 있다. 그건 땀을 잘 흡수하는 소재로 몸을 편안히 감싸는 브라 혹은 꼭지 부위에 넓고 완만한 패드가 붙은 러닝셔츠다. 패드는 본체에 꼭 붙어 있어야 한다. 탈착 가능한 패드는 세탁기에 들어갔다 나오면 종이학처럼 구겨지기 때문이다. 중요한 건 패드가 가슴의 곡률을 강조하는 데 일조할 필요가 전혀 없다는 점이다. 어깨 밴드는 끈이 아닌 넓은 밴드형이어야 하고, 가슴 아래께에는 아무것도 없어야 한다. 박음질 선도 지나가지 말아야 한다. 아무것도 내 명치를 조이지 말지어다.

어쩌면 이런 속옷은 이미 존재하고 있을지도 모른다. 그렇다면 하루빨리 내게 도착하길 바란다. 그러나 그보다 더 바라는 건 여자가 브라를 하든 말든 아무 상관없는 세상이 되는 것이다. 그러나 그것보다 더 바라는 건 세상이 노브라라고 난리 법석을 떨어도 전혀 개의치 않는 내가

소희

되는 것이다.

🏐

여기서 생활 체육인으로서 브라에 관하여 한 가지 더 첨언하자면 '스포츠 브라는 입는 게 스포츠'라는 것이다. 여자들은 다 아는 이 시대의 격언이기도 한데, 스포츠 브라는 꼭 그렇게 옥죄어야만 제대로 기능하는 것일까? 구속력이 손오공의 머리띠에 버금간다. 한번은 매장에서 추천한 사이즈의 스포츠 브라에 러닝용 레깅스를 입은 채 자전거를 타고 농구를 하러 갔다. 가는 길 내내 속이 울렁거리고 식은땀이 났다. 집으로 돌아가고 싶지만 이미 온 길이 아까워서 눈물인지 땀인지 모를 체액을 흘리며 페달을 밟았다. 30분 후 농구 코트에 도착했을 때 내 얼굴은 하얗게 질려 있었다. 제대로 서 있기도 힘들어 결국 스포츠 브라를 벗었고 그제야 숨통이 트였다. 레깅스까지 벗고 나니 비로소 뛰어다닐 수 있게 되었다. 대체 무엇을 위한 스포츠 브라란 말인가.

아

리

노 얄개 존

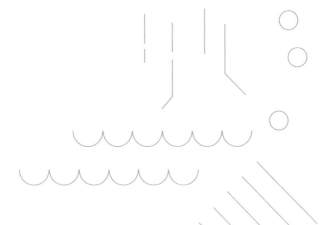

서로 방해가 되지 않는 선에서 운동을 한다

운동을 하다 보면 체육관 특유의 분위기를 읽을 수 있다. PT, 수영, 클라이밍, 그리고 최근 테니스를 배우면서 몸에 기록된 데이터가 하나 있는데 사람들이 자유롭게 드나드는 체육관에는 적잖은 얄개들이 있다는 것이다. 이 얄개들의 톤 앤 매너는 무례하고 볼썽사납다.

왜 벽을 타다 말고 웃통을 벗는 것일까(추운 겨울이었고 암장 온도는 선선했다)? 하고많은 벽 중에 왜 하필 수업이 진행되는 곳 근처를 알짱댈까(다음 시간 수업을 기다리는 무리였다)? 왜 나를 멈춰 서게 만드는 것일까(자유 수영 시간이었고 옆 레인은 비어 있었다)? 샤워한 몸을 왜 닦지 않고 나와서 궤적을 남기는 것일까(아주 포세이돈 납셨다)? 쩌렁쩌렁한 기합 소리로 왜 다른 사람들까지 귀를 막게 만드는 것일까(힘들면 쉬어라)?

실내 테니스장에서 두 번째 수업 시간이었다. 수업이 진행되는 동안 옆 코트를 쓰고 있던 두 사람이 심상치 않았다. 라켓으로 공을 팡팡 치며 자기가 지금 얼마나 최선을 다하는지 알려주고 있었다. 아이유의 3단 고음이라면 다음 옥타브를 기대하며 귀 기울이겠지만, 고조되는 목소리가 울려 퍼지는 곳이 다 같이 운동하는 공용 공간이라면? 층고가 높아 소리가 크게 울리는 실내 체육관이라면?

한층 고양된 상태로 코트 위를 이리저리 뛰어다니는 그 사람을 자꾸 쳐다본 이유가 멋있어서가 아니라 "시끄러운 소리 좀 닥쳐줄래?"라는 걸 알까.

강습이 없는 자유 시간대에 수영장에 가면 비어 있는 레인의 개수만큼 불안했다. 빈 곳도 많은데 굳이 같은 레인 안으로 들어와 나보다 조금 더 빠른 속도로 영법을 구사하던 사람 때문에⋯⋯. 여유롭게 수영하는 나를 제치고 가는 그 사람의 물장구에 얻어맞고 결국 나는 멈춰 섰다. 그리고 얼굴을 쓸어내리며 옆 레인으로 이동했다.

암장에서 두 번째로 강습을 듣던 날 마주친 그 사람은 더위를 잘 타는 사람 같았다. 아니면 본인의 몸을 사랑하는 사람이었을지도 모른다. 나는 동료들과 초급반 수업을 듣고 있었다. 한 사람씩 번갈아가며 선생님이 알려주는 루트를 익히고 벽을 탔다. 동료가 지정된 루트를 힘들게 타고 내려오자 옆에서 어슬렁대던 그 사람이 "이거 이렇게 하는 건가?" 하고 수업 중인 벽 앞으로 넘어오더니 루트를 완등했다. 그러곤 사람 좋은 웃음으로 내려와서는 초급반 사람들의 눈치를 살폈다. 나는 속으로 비명을 질렀다. 초급반 수업이 진행되는 바로 옆에서 그는 웃통을 벗어 던지기까지 했다. 나와 같은 마음일 동료들과 서로

아리

눈을 마주치며 이 시간이 얼른 지나가기를 바랐다. 학창 시절에 선생님의 질문이 끝나기가 무섭게 손을 번쩍 들고 답하던 학생에게서 자주 봐오던 얼굴. "참 잘했어요"를 갈망하는 눈치였지만 한창 진행 중인 초급반 수업에 느닷없이 끼어든 당신의 무례함은 전혀 모르는 눈치였다.

본인의 행동을 다른 사람이 어떻게 생각할 것인지 짐작하는 것, 본인의 언행이 민폐가 될 수 있다는 가능성을 염두에 두는 것은 사회화된 인간이라면 기본적으로 갖추어야 하는 예의일 것이다. '같은 공간에 있는 사람들에게 서로 방해가 되지 않는 선에서 운동을 한다'라는 게 그렇게 어려운 일인가. 나 홀로 상반신을 노출할 수 있는 곳은 내 방 거울 앞이다. 제발 타인에게 민폐 끼치지 말고 본인 운동에만 집중했으면 좋겠다. 체육관에 온 사람들은 각자의 운동에 집중할 권리가 있다.

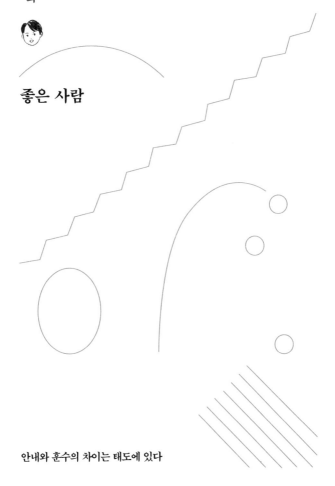

좋은 사람

안내와 훈수의 차이는 태도에 있다

자전거 가게 사장님과 요가 선생님은 무조건 좋은 사람이다. 이것은 내가 가진 오래된 선입견 중 하나다. 경험치가 쌓이면서 이 선입견은 더욱 강화되는 중이다. 자전거 가게 사장님들은 바람을 넣어주거나 안장 높이를 아무렇지 않게 조절해준다. 돈을 내려고 하면 휘이휘이 쫓아낸다. 요가 선생님들은 흔들리는 코어 속에서 어떻게든 자세를 잡아보려는 수강생들을 너그러이 안내한다. 안 되는 건 무리하게 하지 말라고 재차 알려준다. 살면서 불친절한 자전거 가게 사장님이나 강압적인 요가 선생님은 한 번도 만난 적이 없다. "아직 잘 모르는 네게 이 정도는 해주는 게 먼저 배운 나의 도리다" 같은 관대함이 느껴진다.

한편 바이크 가게와 헬스장은 복불복이다. "이런 것도 모르면서 무슨 바이크를 탄다는 거냐"라며 갖은 훈수를 두거나, 가게에 들어가서 한참을 기다려도 사람을 돌아보지 않는 경우가 있다. 헬스장에서 PT를 받을 땐 자주 혼나는 기분이 된다. 그게 왜 안 되냐고, 더 하라고, 식단을 더 조이라고 꾸지람을 듣는다.

안내와 훈수의 차이는 태도에 있다. "누구나 모를 수 있어. 계속하다 보면 조금씩 나아질 거야. 나도 그 시간을 지나와서 잘 알아"라는 마음을 지닌 사람과 "그냥 내 말을

들어. 내가 다 해봐서 아는 거야"라는 마음을 지닌 사람의
태도는 한 끗 차이면서 천지 차이다.

　살면서 후자인 사람들을 지겹도록 만났다. 하지만 나
는 절대 잊지 않는다. 지금의 나를 만든 건 전자의 사람들
이라는 것을 말이다. 처음 광고회사에서 인턴을 할 때 "소
희는 긴 글을 잘 쓰는구나. 긴 글을 줄이는 건 연습하면
돼. 하지만 짧은 글을 늘이는 건 쉽지 않지. 처음엔 긴 글
을 쓰고, 그걸 줄이고 줄이면 좋은 카피가 될 거야"라고 칭
찬해준 선배가 있었다. 카피라이터가 무슨 일을 하는지
모른 채 인턴을 시작했던 나는 그의 칭찬에 마냥 신이 났
다. 그게 카피는커녕 매번 구구절절한 무언가를 써오는
나를 어떻게든 카피라이터의 길로 안내하기 위한 그의 사
려 깊은 마음이었다는 걸 알게 된 건 시간이 한참 흐르고
나서였다(어떻게 그럴 수 있지. 한화 이글스의 팬으로 살다 보
니 부처가 된 건가).

　그리고 하나의 원탁이 있었다. 광고계의 전설이 팀장
이던 시절, 모든 팀원이 그 원탁에 둘러앉아 회의를 했다.
팀장부터 인턴까지 자기의 생각을 펼쳐놓았다. 질문이 오
고 갔다. 하나의 방향성으로 좁혀지는가 하면 누군가의
반문으로 회의는 원점으로• 돌아갔다. 생각의 동그라미가

소희

만들어졌다 겹쳤다 사라졌다를 수도 없이 반복했다. 생각들이 원소처럼 결합하고 폭발하며 새로운 생각이 탄생하는 것을 눈앞에서 목격했다. 그런 대단한 원탁에서 "주말 내내 생각해봤는데 아무 생각도 안 나더라고요"라며 백지를 내놓았던 나를, "잠깐 자료실에 다녀올게요"하고 안마 의자에서 잠을 자던 나를, 책상 밑으로 만화책을 보며 어깨를 들썩거리던 나를 잘도 눈감아주고 밥도 사주고 커피도 사주고 술도 사주고 책도 빌려준 그 원탁의 사람들.

다 쓰고 버려진 손난로 같은 기분이 드는 날, 아무리 찾아봐도 따뜻한 구석이 보이지 않는 날, 살아가는 게 혼나는 것 같은 날, 가까운 자전거 가게에 가서 자전거 바퀴에 바람을 넣자. 아무 요가원에 들어가 1회 클래스를 끊어 요가를 하자. 먼지 쌓인 기억의 상자를 뒤져 원탁의 사람들을 꺼내보자. 좋은 사람들은 언제나 있다.

아

리

우리는 모두
연결되어 있다

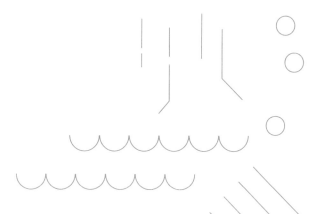

느슨하게 이어진 운동 공동체 안에서

우리의 일상은 든든하고 활기가 넘친다

"아리 네가 제격일 것 같아. 어때? 관심 있어?"

여가여배 다섯 번째 배구 클래스를 이끌어준 박정은 강사가 PT 숍을 준비하고 있는데 비주얼 브랜딩을 맡아줄 파트너가 필요하다는 소식을 강소희가 전해왔다. 고민할 여지가 없었다. 배구 클래스를 진행하는 동안 그가 보여준 단단하고 예의 있는 태도에 반했기 때문이다. 멋진 사람이 운영하는 멋진 공간에 내가 디자인한 로고가 붙는 영광의 기회가 눈앞에 있었다. 여성을 위한 안전한 1:1 전문 PT 숍이라니!

여자라면 큰 공 한번 다뤄봐야 하지 않겠어요? 초, 중, 고등학교 내내 공을 피했다면 지금은 공을 받을 시간. 강하고 날카롭게 넘어오는 공을 몸으로 받아내고 나의 편이 다루기 쉽도록 알맞은 높이로 올려서 득점을 만들어내는 일이 얼마나 멋진 일인지 여자들이 알았으면 합니다.

이 글은 박정은 강사가 여가여배 클래스를 위해 준비한 글이다. 어쩌면 이 문장들이 마음 한구석에 저장되어 있다가 1년이 지난 어느 날 강소희가 전해온 말에 '지금이

PT 숍 브랜딩을 하기에 더없이 좋은 시간이야'라며 화학 작용을 일으킨 것이 아닐까. 자리를 마련한 강소희와 박정은 강사님을 만나고 돌아오는 길에 '만날 사람은 만나게 되어 있다'는 문장을 떠올렸다. 선택적 운명론자인 내가 지금 이 상황이 완벽하게 만족스럽다는 뜻이다.

여가여배 두 번째 클래스를 마쳤을 땐 조금 다른 방식의 자리가 생겼다. 갤러리 팩토리의 「운동-부족部族 모여라」 전시에 참여하게 된 것이다. 전시 초반에 부대 행사로 '라운드 테이블' 대담이 진행됐는데 거기서 만난 고아림 스케이터가 인상적이었다. 냉철한 태도로 스케이터 세계에 대한 이야기를 이어가는데 목소리에서 어떤 확고함이 느껴졌다. 고아림 스케이터의 매력에 빠진 우리는 번뜩 "저 사람이다! 저분과 같이 여가여배 다음 장을 같이 이어가야 한다"라며 그에게 섭외 문자를 보냈다. 주짓수와 농구 다음을 이을 클래스 종목 후보군 안에 스케이트보드는 없는 상태였다.

생각지 못했던 종목을 눈으로 목격하고 해방감이 들었다. 운동이라는 경계를 한 차원 넓혀주는 것 같았고 지금까지와는 다른 접근으로 몸을 쓰는 것이 참신했다. 고

아리

아림 스케이터는 섭외에 흔쾌히 응했고 '넘어지지 않는 스케이트보드'라는 타이틀로 광진구 아오리파크에서 차가운 바람을 가르며 스케이트보드를 탔다.

「운동-부족部族 모여라」 전시 덕분에 이어진 사람이 또 있다. 전시에 참여한 보슈 팀의 신선아 디자이너는 내가 회원으로 활동 중인 FDSC페미니스트 디자이너 소셜클럽의 회원이기도 하다. FDSC에 가입할 때 가장 하고 싶었던 활동 중 하나는 몸을 쓰는 일이었다. 정확히는 운동회를 하고 싶었다. 보슈 팀은 주짓수 클래스를 운영한 경험과 운동회를 개최했던 노하우를 가지고 있었다. 전시에 참여하면서 운동이라는 교집합을 통해 운동회를 도모하는 일은 자연스러운 흐름이었다. 신선아 디자이너의 경험을 바탕으로 운동회 식순의 뼈대를 잡아갔다. 어떤 종목으로 운동회를 시작해야 한 겹의 어색함을 자연스럽게 벗길 수 있을지, 갑작스럽게 뒹굴고 넘어져도 깔깔 웃으며 불편하지 않은 친밀감을 만들 수 있을지 고민하는 시간 내내 자주 웃었던 것 같다.

운동으로 연결된 FDSC와의 관계는 여섯 번째 여가여배 클래스인 「손에 손잡고 스윙댄스」를 준비하면서 빛을 발했다. 강사님을 비롯해 도우미 2명이 필요했는데 강소희와 섭외를 논의하던 중에 FDSC에 도움을 청해보자고 말했다.

> 스윙, 차차 같은 댄스 스포츠인데 주변에 리딩과 팔로우를 가르쳐줄 수 있는 여자 강사분이 계실까요?

질문을 올리고 얼마 지나지 않아 두 개의 답변이 달렸다. 놀랍게도 스윙댄스 경력 4년 차인(심지어 강사 제의를 받았던 적이 있었다) 분, 현재 스윙 동호회에서 활동 중인데 강사님을 소개해줄 수 있다는 분의 답변이었다. 강사 제의를 받은 경력 4년 차의 오새날 디자이너를 스윙댄스 클래스 도우미로 섭외했다. 오새날 디자이너와 이런저런 얘기를 나누다가 놀라운 사실을 하나 알게 되었다. 우리는 이미 예전에 한 번 만난 적이 있었던 것이다. 그는 다름 아닌 여가여배 두 번째 클래스인 「농구… 좋아하세요?」의 신청자였다.

강소희가 섭외한 또 다른 도우미인 꾸러기 님은 강습 당일 오새날 디자이너에게 친근하게 인사를 건넸다. 아는 사이일까? 궁금했던 머릿속 물음표가 금세 느낌표로 바뀌었다. 꾸러기 님은 오새날 디자이너가 디자인한 책들을

아리

이미 접한 적이 있고 정말 좋아하는 디자이너라고 덧붙였다. 나는 그 순간 꾸러기 님의 얼굴에서 작은 반짝임을 목격했다. 평소에 좋아하던 사람을 만나면 나도 저런 표정이겠구나, 하고 생각한 순간이었다. 스윙댄스 클래스 참가자 중 친구들의 비중도 꽤 컸다.

「손에 손잡고 스윙댄스」 너무 즐거운 시간이었다. 집에 와서도 스텝, 스텝, 락스텝 밟고 있는데 이것이 바로 춤바람인가.

동네 친구이자 좋아하는 어른인 황선우 작가의 춤바람 난 후기다.

오늘의 즐거운 스윙 수업. 예전에 2년 반 정도 미친 듯이 스윙에 빠져 지냈던 그 시절을 잊지 못해 스윙 배우러 달려갔다. 스텝, 스텝, 락스텝 너무 재밌고 스윙 시스터즈 선생님들 진짜 멋지다. 흥과 웃음이 넘치는 시간! 역시 스윙이다. 솔로 스윙 배우고 싶어!

스윙 머신의 건재함을 보여준 이지은 편집자의 후기이다. 이지은 편집자는 이 책의 기획자이기도 한데 첫 미팅 자리에서 여가여배 주짓수 클래스에 참가했다고 전했다. 세상에, 우리는 3년 전부터 연결되어 있었던 것이다.

　"동시대 여성 디자이너들과 교류하고 싶다"는 나의 오래된 갈증은 FDSC 활동을 하면서부터 말끔하게 사라진 동시에 운동 친구들까지 생겼다. "여자 코치가 가르치는 운동을 여자들끼리 안전하고 쾌적하게 배우고 싶다"는 바람은 여가여배 클래스의 횟수가 쌓일수록 현실로 마주하게 되었다. 운동을 계기로 새롭게 알게 된 관계들. 그 관계들이 또 다른 연결점으로 이어지는 경험들은 참 반갑고 설렌다. 느슨하게 이어진 운동 공동체 안에서 우리의 일상은 든든하고 활기가 넘친다.

　운동이 맺어준 멋진 여자들과의 인연은 앞으로 어떻게 이어지고 우리를 어디로 데려갈까.

아리

둘에게 쓰는 편지

너에게

　너를 처음 만난 날, 나는 까만 뿔테 안경이 아닌 갈색 뿔테 안경을 썼고 흰색이 아닌 인디고 핑크색 블라우스를 입고 있었다. 신입사원이 갖춰야 할 옷차림 리스트 두 번째쯤에 나올 법한 옷을 입었던 건 광고회사 제작팀의 분위기를 전혀 몰라 인터넷에서 찾아 그대로 따라 입었기 때문이다. 그 옷들은 딱 하루 출근한 뒤 영원히 은퇴했다. 첫 만남에 대한 서로 다른 기억을 맨 밑에 깔고 2008년 여름부터 2021년 여름까지 너와 나는 사실과 기억, 오해와 이해, 침묵과 대화를 크레이프 케이크처럼 쌓아왔다.

　균형 감각의 신이 인간이 된다면 그게 바로 이아리가 아닐까. 내가 금방 타올랐다 꺼지는 성냥불이라면 너는 잔열이 오래가는 미제 기름 난로다. 도저한 재능에 꾸준함이 더해져 네가 불꽃처럼 폭발할 때 놀란 나는 입을 벌리고 있었을 것이다. 한편 너는 '이 선을 넘지 마시오' 캠페인 홍보 대사처럼 관계 간 적정 거리를 유지하다가도 어느 순간 벌떡 일어나 후드를 뒤집어쓰고 춤을 추며 누군가의 코앞으로 돌진하기도 했다. 이처럼 네게는 유희력으로 가득한 꼬리가 있다.

너와 나의 크레이프 케이크에는 삼청동의 밤들이 있고 브로콜리너마저의 「2009년의 우리들」이 있고 녹색 광선과 옥상 마켓이 있고 감자 수제비와 간장 게장이 있고 카페 퍼스가 있고 망원유수지 농구장이 있고 속초 방귀 미제 사건이 있다. 서로를 견뎌준 날들이 있고 서로를 건져준 날들이 있다.

오늘 아침에 일어났을 때 바람이 바뀌어 있었다. 새로운 계절에는 어떤 맛이 나는 크레이프를 한 겹 올리게 될지 궁금하다. 아마도 굉장히 근사할 것만 같다.

에필로그

이 책은 당신에게 도착한 나의 긴 편지와 같다. 이 편지에 단 한 줄이라도 당신이 좋아하는 부분이 있었으면 좋겠다. 그리고 당신이 책을 다 읽고, 혹은 읽다 말고 밖으로 나가 느닷없이 달렸으면 좋겠다. 그러다 넘어지기도 했으면 좋겠다. 넘어지면 웃기기 때문이다. 웃기는 건 드물고 소중하기 때문이다. 볼거리가 많은 21세기에도 굳이 책을 읽고 있는 당신에게 동질감을 느낀다.

당신은 나의 동쪽에 살까 서쪽에 살까. 어쩌면 북쪽 혹은 한없이 먼 남쪽에 살지도 모르겠다. 당신은 집에 있는 걸 좋아할까, 멀리 가는 걸 좋아할까. 당신은 같은 메뉴를 고집하는 수구파일까, 새로운 맛을 찾아 떠나는 개혁파일까. 당신은 경주를 좋아할까, 제주도를 좋아할까. 당신은 TV를 보는 것과 영화관에 가는 것 중 어느 걸 더 좋아할까. 당신은 농구를 좋아할까, 축구를 좋아할까. 아무래도 배구일까.

나는 이미 당신과 친구가 된 것만 같다. 발신인은 확

실하지만 수신인은 불확실한 행운의 편지 같은 이 책을 쓰고 다듬던 어느 날 나는 '쓰다'라는 동사에 대해 생각했다.

글을 '쓰다' 그리고 몸을 '쓰다'. 몸을 쓰는 일에 대해 책을 쓰는 일이라니. 이건 다른 언어를 쓰는 사람들은 알 수 없는, 한국어를 쓰는 우리만의 윙크 같은 것이다. 혹은 한국인만 먹는다는 깻잎 같은 것이다. use와 write로 다른 뜻을 지녔지만 '쓰다'라는 행위에는 공통점이 있다. 둘 다 쓰면 쓸수록 는다는 것이다. 그리고 몸을 잘못 쓰면 병이 나고 부상을 당하듯 글을 잘못 쓰면 수치의 병에 걸리거나 두고두고 놀림거리가 될 수도 있다. 하지만 일단 '써'봐야 그다음에 무슨 일이 일어날지 안다는 것 또한 닮았다.

처음 운동을 시작할 때 내 몸이 내 맘같이 움직이지 않듯, 책을 쓰면서 참 내 맘 같지 않은 날들이 많았다. 이게 내가 쓴 거라고? 믿을 수 없었다. 맛있는 밥을 먹고 자라면 저절로 맛있는 밥을 짓게 된다는데 왜 나의 글은 그렇지 못한가. 작금을 넘어 세상의 맛있는 책을 수도 없이

독자에게

읽었건만 가끔 반찬 투정하듯 흉본 것에 대한 벌일까. '나도 이 정도는 쓰겠다'와 '그렇게 쓸 바에는 아무것도 쓰지 않는 편이 낫다'라며 내가 뿌려댄 말들이 사나운 너울이 되어 나를 덮쳤다. 내가 생각하는 나와 실제의 나 사이의 거리 38,000킬로미터는 글쓰기에도 도사리고 있었던 것이다. 내가 이 사실을 몰랐을 리 없다.

그래서 아주 오랫동안 쓰고 싶으면서도 쓰지 못했다. 하지만 책을 쓴다는 것은 약속이었다. 같이 달리기로 한 이아리와의 약속이었고, 케이크 맛 당근과 당근 맛 채찍으로 우리를 이끌어준 편집자와의 약속이었다. 그러므로 나는 '글은 퇴고로써 완성되고, 퇴고를 하려면 일단 쓰는 수밖에 없다'는 위대한 작가들의 조언을 따라 일단 쓰기 시작했다. 글을 쓰면서 무라카미 하루키가 왜 달리기를 했는지 알 것 같았다. 달리지 않으면 글을 쓰다 눈, 목, 어깨, 허리가 다 갈려 나갈 판이었다. 몸을 써야 했다. 두 시간 글을 쓰면 두 시간 몸을 써야 한다. 하지만 대부분의 앎

이 그러하듯 행동으로 이어지지는 않아서 지금 내 어깨는 천 년 묵은 목침처럼 단단하다(당신이 읽고 있는 건 사실 편지가 아니라 목침이다).

우리는 이렇게 만났다. 나는 이 만남이 어떻게 이어질지 궁금하다. 우리는 생각보다 자주 만나는 사이가 될 수도 있고, 1년에 한 번 봐도 좋은 사이가 될 수도 있고, "그때 좀 웃겼지"라면서 서로를 추억의 서랍에 넣고 잊어버릴지도 모른다. 그래도 우리가 만났다는 사실은 변하지 않는다. 나는 이 만남을 오래도록 기억하고 싶다. 왜냐하면 모든 일은 만나고 나서 일어나기 마련이기 때문이다. 다소 충동적으로 시작한 '여자가 가르치고 여자가 배운다'를 계속할 수 있었던 것은 그렇게 만난 여자들 때문이었다. 만나면 만날수록 나는, 우리는, 이걸 왜 계속해야 하는지 알게 된다. 계속하고 싶어진다.

나는 우리가 오래 만났으면 좋겠다. 운동장이든 사무

독자에게

실이든 현장이든 TV 화면 속이든 가장 한가운데에서 만났으면 좋겠다. 누구도 우리를 검열할 수 없고, 스스로 검열하지 않고, 누구보다도 시끄럽고 요란스럽게, 진지하고 가볍게, 자꾸 만났으면 좋겠다. 감당할 수 없는 기쁨과 지옥 같은 슬픔, 꼬리 잘린 도마뱀 같은 외로움이나, 혼자 먹기에 너무 큰 수박이나 너무 많이 끓인 국 같은 것들, 물불 안 가리는 승부욕이나 새로 생긴 풋살팀 소식 같은 것들을 나누며 계속 보았으면 좋겠다.

　　나는 질리도록 만나고 싶다.
　　당신들의 수많은 얼굴과 목소리를.
　　백 년쯤 봐야 좀 질릴 것 같다.

2021년 가을
강소희

"우리가 함께라면
아무도 막을 수 없다!"

땀 흘리는 여자들의 근력 연대기

내일은 체력왕

초판 1쇄 발행 2021년 10월 8일

지은이 강소희, 이아리
펴낸이 강일우
본부장 윤동희
기획 이지은
편집 김미라
일러스트 윤예지
디자인 형태와내용사이

펴낸곳 ㈜미디어창비
등록 2009년 5월 14일
주소 04004 서울 마포구 월드컵로12길 7 창비서교빌딩
전화 02) 6949-0966 **팩시밀리** 0505-995-4000
홈페이지 books.mediachangbi.com
전자우편 mcb@changbi.com

ⓒ 강소희, 이아리 2021
ISBN 979-11-91248-38-8 03810

여자가
가르치고
여자가
배운다

제1장. ——

—— 나를 지키는
주짓수

여자
여애

제2장. ———————— 농구... 좋아하세요?

여가여배

제3장.

넘어지지 않는
스케이트보드

제6장. ————————————— 손에 손잡고
스윙댄스

여기여배

여자가 가르치고 여자가 배운다